糯米游宋记

缎轻轻 著

人民文学出版社 天天出版社

图书在版编目（CIP）数据

糯米游宋记 / 缎轻轻著. –– 北京：天天出版社,2024.1（2024.11重印）

ISBN 978-7-5016-2193-4

Ⅰ.①糯… Ⅱ.①缎… Ⅲ.①幻想小说－中国－当代

Ⅳ.①I247.5

中国国家版本馆CIP数据核字(2023)第231772号

责任编辑：马晓冉　　　　　　**美术编辑：曲 蒙**

责任印制：康远超　张　璞

出版发行：天天出版社有限责任公司

地址：北京市东城区东中街 42 号　　　　　**邮编：100027**

市场部：010-64169902　　　　　　**传真：010-64169902**

网址：http://www.tiantianpublishing.com

邮箱：tiantiancbs@163.com

印刷：明玺印务（廊坊）有限公司　　　**经销：全国新华书店等**

开本：880*1230　1/32　　　　　　　　**印张：5.75**

版次：2024 年 1 月北京第 1 版　　**印次：2024 年 11 月第 3 次印刷**

字数：96 千字

书号：978-7-5016-2193-4　　　　　　**定价：25.00 元**

穿越千年觅诗魂

赵丽宏

如果把人类在不同时期创造的经典文学作品比作一个宝库，那么，用汉字写成的中国古典诗词，是其中最为耀眼的珍宝，它们犹如钻石，在浩瀚漫长的时空中熠熠闪光，照耀着一代又一代中国人。这是汉字的魅力，是中国文化的荣耀，是中国人智慧和情感的结晶。

做一个中国人，能在我们的生命旅程中与美妙的诗词为伴，是莫大的荣幸。

诗人缎轻轻写了三本很有趣的系列小说：《糯米寻唐记》《糯米游宋记》《糯米戏元记》。书中的糯米，不是粮食，也不是糕点，而是一个聪明可爱的小女孩，她热爱中国的古典诗词，在浩瀚美妙的中国古典诗词的海洋中纵情漫游，探寻其中的秘密。糯米的身边有一只来自太空的神奇生物，名叫九儿，它可以带着糯米穿越时空，回到千百年前，和古代的伟大诗人们见面，听他们吟诗，和他们探讨诗词，并和他们交朋友，了解他们的性格和命运，和他们一起经历那些脍炙人口的经典诗词的创作过程。糯米穿越时空，回到遥远的唐代、宋代和元代，回到唐诗、宋词和元曲产生的时代，把那些经典诗篇诞生的过程生动地重现在读者面前。在糯米的穿越过程中，古代的大诗人一个又一个出现在读者的面前，他们的音容笑貌，他们的悲欢离合，他们自由不羁的思绪和才华，仿佛都触手可及。遥远的时空，在灵动的文字中失去了距离。

这三本幻想小说穿越时光隧道，回到古代，走进未来，这样的幻想故事，人们已经不觉得新鲜。但缎轻轻的这三本小说，却不同于已有的穿越时光的幻想故事，所有的穿越，都抵达产生经典古诗词的古代，都能走近那些在文学史上璀璨耀眼的伟大诗人：唐代的李白、杜甫、贺知章、孟浩然、李贺、白居易、李商隐，宋代的苏轼、李清照、辛弃疾、岳飞、欧阳修，元代的关汉卿、王实甫、元好问……小说中的情景，似幻又似真，读者会被书中的故事和情景吸引，有感动，有共鸣，感觉身临其境。这让人想起古人《观沧海》中的诗句："日月之行，若出其中；星汉灿烂，若出其里。"

缎轻轻的这三本小说引人入胜，生动可读，这是什么原因？我想，这不仅是因为小说的奇异幻想，因为那些异想天开的故事情节，也是因为作者对中国古典诗词发自内心的热爱。书中对古代诗人和作品的介绍，如数家珍，对各种不同风格和体裁的古典诗词的解读，深入浅出。作者写这些关于中国古典诗词的文字，浸润着由衷的真情实感。小说中对古典诗词的学习、分析和议论，不是学究式的评论，而是用孩子的视角，用纯真的童心来探寻，来吟诵，来解读。这样的叙事和解读，自然会赢得孩子们的心，并引起共鸣。小说中的人物，不管是穿越中遇见的古人，还是糯米周围的熟人，都写得有血有肉，各自具有独特的性格。糯米可以穿越时光回到古代，是幻想故事中的精灵，但她也是现实生活中的小女孩，她的周围有许多可爱的人物，她的家人、同学、朋友和老师，每一个人物都给人留下生动的印象。因为小说成功塑造了这些现实中的人物，尽管情节奇幻，但读者愿意相信这些都是真的。

缀轻轻是青年一代诗人中引人注目的新秀，她的诗歌创作已有不俗的成就。这三本小说是她为自己的创作开辟的全新领域，是儿童文学创作的新收获，也是当代诗人以奇特的方式对中国古典诗词的一次致敬吧。

2022 年 10 月 7 日于四步斋

爸爸，恒，工程师，搞笑达人，黑暗料理界高手。

妈妈，枫，养花达人，美食达人，诗词爱好者，佛系妈妈。

糯米，姐姐，明园学校的学生，巨蟹座，性格有点内向，内心却挺逗，特立独行的小学霸，讨厌社交，但也有几个知心好友，喜欢编程、数学等理科类学科，不喜欢死记硬背的知识，极其怕上体育课。

端木一寒，从北京转学来的插班生。性格沉稳，曾获得过北京市青少年诗词大赛冠军。

团子，弟弟，幼儿园大班，射手座，活泼开朗，能说会道，很会讨大人喜欢，讨厌写作业，喜欢自己捣腾组装类玩具，梦想长大后设计宇宙中最酷的奥特曼。

九儿，宠物，额间长着一个黑色感叹号，爱睡觉，爱吃雪饼、东坡肉及各式各样的人类美食，来自未知的以太时空，它的九号猫窝内藏着可定位人类时间和地球经纬度的智能芯片，具有穿梭时空的能力。

梅老师，糯米的班主任，教语文课，知性大方，深受孩子们欢迎。

安然，糯米的闺密、同班同学，梦想长大后做牙科医生，发明一种让小朋友牙不会疼的药。

马哲伦，糯米的同班同学，班长，活泼调皮爱捣蛋，直性子，非常聪明，不仅语数英优秀，体育也很好，是糯米强劲的对手。

欧阳爷爷，图书馆管理员。

利小馨，班级里的"漫画家"。

人物简介

目录

第一章

神秘的插班生

飞花令大赛过去一段时间了。

明园学校刮起一阵古诗之风，同学们纷纷效仿糯米手捧一本《唐诗三百首》，分享各自对古诗的体会，唐朝诗人们的生平逸事成了他们之间最新潮的谈资。

糯米作为第一届飞花令大赛的冠军，毫不意外地成了学校的明星，但她的生活一切照旧。有时，糯米怀抱着书，抬头看耀眼的阳光透过树冠的缝隙，斑驳地洒在教学楼的墙壁上，光影间仿佛藏匿着时间和空间的秘密。不知道在遥远的唐朝，是否也有这样的静谧时刻呢？

暑假后，同学们欢欢喜喜升了年级，学校里风平浪静。

一天，这样的平静被打破了。

早上糯米刚踏进教室，就看到几个同学正围着大队长安然窃窃私语。

"你们聊什么呢？"

"糯米你怎么来得这么晚。"安然激动地把糯米拉到身边，神秘兮兮地说，"这两天要发生一件大事！"

"什么大事啊？"糯米一脸茫然。

"你不知道？"安然故作惊讶。

"知道什么呀？"糯米也感兴趣起来。

"我们年级要来一个插班生！"安然眼睛眯成了一条缝。

"哦。"糯米有点失望，这算什么大新闻，不过我们年级好像还没来过插班生。

"了不起的地方在于——是个学霸哟！"安然见糯米兴致不高，故意拉长声音，同学们顿时捂着嘴笑起来。

"还没来，你怎么知道是学霸？"听到"学霸"两个字，糯米顿时有了危机感。

"昨天我去教师办公室补交作业时听到的！"利小馨是班上消息最灵通的人，她绘声绘色地说起来，"老师们正在讨论这个插班生，说他成绩很好！"

"还不知道是不是分到我们班呢！"

"你们聊什么呢？"马哲伦不知什么时候混了进来，笑嘻嘻地打探究竟。

"就不告诉你。"利小馨调皮地吐了吐舌头。

丁零零，8点20分，早读课开始啦！

梅老师和往常一样走了进来，她身后跟着一个新同学。全班同学顿时伸长脖子，好奇地打量着这个陌生男孩。

男孩高高瘦瘦，白白净净，眼睛虽不算大，但睫毛很长，瞳孔黑亮，像是藏了很多心事，额前几缕刘海儿，把五官映衬得更加秀气。

这是利小馨和安然说的插班生？

果然，梅老师宣布："同学们好，这是我们班的新同学，大家欢迎！"

大家热烈地鼓起掌来，除了糯米。

糯米脑子一片空白，因为这个新来的插班生——和几个月前穿越到唐朝时遇到的唐朝少年许寒长得一模一样！那个在长安朱雀大街大槐树下苦等糯米和九儿的许寒，和糯米一起畅谈古诗的许寒！

新同学有点腼腆，他做了个简短的自我介绍："大家好，我复姓端木，名一寒。来自北京。"

也有一个"寒"字！糯米使劲拧了下自己的胳膊，真疼，这不是梦。

"端木一寒同学，你和糯米一桌吧。"梅老师指向糯米旁边的座位说，"端木一寒同学的特长也是古诗词，刚好可以和我们的飞花令冠军好好切磋切磋。"

"好的，谢谢梅老师。"端木一寒走到糯米身边，礼貌地朝她笑笑，把书包工工整整地放进课桌抽屉里，坐了下来。

很快，到了下午放学时间。

糯米终于转头对这位新同学说了第一句话："你……是许寒？"

"许寒？"端木一寒也愣了一下。

"哦……"原来不是，糯米心想，我真傻啊，许寒怎么可能从一千多年前的唐朝来到这里呢。

"你叫糯米对吧，很高兴认识你。你可以叫我端木一寒，也可以叫我小寒。"端木一寒落落大方地说。

"小寒，你好啊，我叫安然！叫我小然！"

"嗨，小寒小寒，我叫利小馨，你可以叫我小馨呀！"

还没来得及跟端木一寒认识的同学，这时都挤了过来，纷纷介绍自己。

糯米默默收拾好书包，走出了教室。

第二章

他是谁?

糯米若有所思地回到家里,看到九儿正窝在沙发里和团子一起目不转睛地看动画片。九儿看得兴奋时,就滚来滚去,真像只普通的大白猫。

"姐姐,这只大青虫子都飞到外太空去啦!"团子指着电视说。

团子啊团子,你大概做梦也想不到你身边的九儿就来自外太空吧!

"姐姐,快来一起看呀,太好笑啦!"

"我要写作业了。团子,你少看一会儿吧,小心妈妈回来说你。"说完糯米就回自己的房间,开始写作业。但她总是注意力不集中,端木一寒和许寒时不时就冒出来,打乱她的思绪。他们之间有什么联系呢?难道许寒是端木一寒的爷爷的爷爷的爷爷……不对呀,他们也不同姓呀!那为什么他们长得那么像呢?

她和许寒在长安分别后，就再也没见过面了，想到这儿，糯米不禁有点怅然若失。

　　"糯米，你发什么呆呢？作业太难吗？"不知什么时候，九儿悄悄溜进了房间。

　　"哦不，九儿，你知道吗？"糯米抱起九儿，嘴巴贴近九儿毛茸茸的耳朵，"今天我遇见怪事了，说出来怕吓到你！"

　　"你们人类有什么事能吓到我？"

　　"我们班从北京来了一个插班生，他长得和许寒一模一样！"糯米接着说，"许寒，就是那个我们在唐朝长安朱雀大街遇到的许寒！"

　　"不可能吧？"九儿的眼睛瞪着，明显是被惊到了，"人类凭借自身能力不可能超越光速，突破三维空间，从古代来到现代！"

　　"所以……我也奇怪呢！"糯米一只手托着腮说道，"他不是许寒，他叫端木一寒。"

　　"也许他和唐朝许寒拥有同族的基因？"

　　"可如果许寒是他的祖先，他们为什么不同姓？这多奇怪！"糯米还是想不通。

　　"哈哈哈，糯米，你就别想啦。这个端木一寒你已经认识了?"

　　"他成了我的新同桌,听梅老师说,他很擅长古诗词!"

　　"还好他晚来了一步,不然飞花令冠军就不一定是你了哟!"九儿打趣道。

　　这时,客厅传来开门的声音,原来是爸爸妈妈回家了。果然,妈妈看到团子在看动画片,有点生气:"团子!这部动画片你看了几遍了?妈妈出门前你在看,回家了你还在看!一小时了!"

　　"妈妈,我这就去写作业!"咚咚咚,一阵脚步声响起,肯定是团子挨了训后麻溜地跑回房间了。

　　九儿也一溜烟跑出了糯米房间。

第三章

一堂宋词课

　　梅老师是上海市一所知名高校的研究生，毕业后就进入了明园学校，糯米这个班是她带的第一届学生。在学生的眼里，她不仅学识渊博，性格也很好，极少发脾气；而在她眼里，班里每个学生也各有各的好，都有独特的闪光点。她常说："每个小孩诞生时，都携带着一颗只属于自己的闪烁宝石。"

　　糯米认为，这颗闪烁宝石就是对每个人天赋的比喻，那么她的这颗宝石是什么形状、什么颜色的？代表着哪方面的天赋呢？是一颗晶莹剔透的蓝宝石，还是像猫眼一样灵活明亮的猫眼石？或者是翠绿欲滴的翡翠……同学们也讨论过这个话题。大部分人对自己宝石属性的认识模糊不清，但利小馨除外，她坚信自己的闪烁宝石是紫水晶，代表着自己的绘画天赋。的确，小馨画的漫画人物栩栩如生，很受大家欢迎。

新来的插班生端木一寒呢？他的闪烁宝石是什么？

语文课上，他们开始学一种新体裁：词。

忆江南

唐　白居易

江南好，风景旧曾谙。日出江花红胜火，春来江水绿如蓝。能不忆江南？

这是九儿上一任主人的词。糯米默念着这首词，不禁嘴角上扬，露出会心的微笑。

梅老师绘声绘色地说："同学们，如果让你们用十来个字来概括江南景色，能做到吗？"

"做——不——到——"大家拖长尾音回答。

"可是白居易却巧妙地做到了，他笔下的江南别具一格地以'江'为核心，把诗意的镜头巧妙地聚拢在江面上，通过**'红胜火'**和**'绿如蓝'**，展现了色彩斑斓的江南春景。这叫'异色相衬'的描写手法。"

"咦？这手法怎么跟我的绘画手法一样？"拥有"紫水晶天赋"的利小馨说，"我的漫画有时也用大面积的冷色衬托小面积的暖色。"

"艺术总是相通的。"插班生端木一寒补充道。

"怪不得小馨的画那么棒，原来你在绘画中也掌握了异色相衬的手法。"梅老师逐一点评起来，"端木同学也说到了重点，诗词与绘画，说到底都是艺术啊！它们通过不同形式传达人类的情感和思想。大家想想，还有哪些诗词用了异色相衬的手法呢？"

"两个黄鹂鸣翠柳，一行白鹭上青天。"

"江碧鸟逾白，山青花欲燃。"

"夕照红于烧，晴空碧胜蓝。"

……

同学们七嘴八舌地回答，果然，一届飞花令比赛之后，大家对古诗词的喜爱程度今非昔比了。

糯米默默品味着这首画面感满满的词，却听到同桌冷冷地说了一句："唐人写词，不过如此。词的最高境界在宋朝。"

糯米有点生气，反问道："白居易的词不好？"

"诗的巅峰在唐朝，词的巅峰在宋朝。"

"你有什么证据？"

这个新同桌并没有拿出什么证据。他只是将目光转向台上的梅老师，一副认真听课的样子。

第四章

唐诗至豪，宋词至雅

梅老师在台上讲词，越讲越动情，她声情并茂地说："不瞒同学们说，老师我从小就很喜欢词。词非常风雅，还具有音乐性。老师最喜欢的一首词就是……"

"《水调歌头·明月几时有》!"同学们异口同声地回答。《水调歌头·明月几时有》是声名赫赫的大文豪苏轼所作，可能在中国这片土地上，**"但愿人长久，千里共婵娟"** 这句词，无人不知无人不晓吧。

在去年的全校元旦文艺演出上，梅老师唱了一首《明月几时有》，当时真是惊艳四座！

糯米记得，演出那天，几百名学生整整齐齐坐在学校的剧院里，每个人系了一条象征新年的红围巾。在晚会开始半小时后，帷幕后响起背景音乐，舞台四周弥漫着白茫茫的雾气，如同仙境。梅老师从舞台一边缓缓走到聚光灯下，她穿着一身典雅的淡青色旗袍，平时扎起的头发也放了下来，看起来有些像广寒宫里的嫦娥仙子。她开口唱道：

明月几时有？把酒问青天。

不知天上宫阙，今夕是何年。

我欲乘风归去，又恐琼楼玉宇，高处不胜寒。

起舞弄清影，何似在人间。

转朱阁，低绮户，照无眠。

不应有恨，何事长向别时圆？

人有悲欢离合，月有阴晴圆缺，此事古难全。

但愿人长久，千里共婵娟。

歌声悠扬，同学们陶醉其中，直到梅老师唱完向台下鞠躬时，大家才回过神来，报以雷鸣般的掌声。

所以，梅老师话还没说完，同学们就知道答案了！

梅老师笑了，说道："大伙儿的记性可真好，但是你们理解这首词吗？"

"不理解……"有的同学开始摇头了。

"梅老师，诗和词有什么区别呢？哪个更好？"马哲伦问出了糯米心里的疑惑。

"很好的问题。"梅老师接着说道，"唐诗与宋词是否有高下之分，一直是文学界争论不休的问题。唐诗、宋词有何不同？现在，我想邀请一位对古诗词很有见解的同学给大家分享一下自己的观点。"

"谁呀谁呀？是糯米吗？"大家纷纷将目光投向糯米。

糯米的心扑通扑通跳起来，她虽熟读《唐诗三百首》，可是对于宋词，她却一窍不通！

"端木一寒同学！"梅老师的声音响起，"大家有所不知，就在上个月，端木一寒同学在北京青少年古诗词大赛中获得了第一名！"

端木一寒站起来，走到讲台上，在黑板上画了两个圈，然后对台下的同学们说："我想邀请一位会画画的同学来和我合作。"

"我我我！"利小馨高兴地举起手来。

端木一寒在两个圈里各写了一个重点。他说："我想把唐诗和宋词拟人化，请利小馨同学来画出这两个不同的人。"

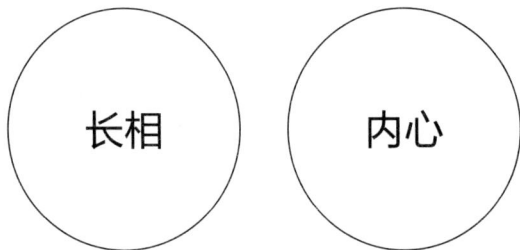

长相　　　　内心

利小馨高兴地跑上讲台说："你赶紧说说唐诗、宋词这两个人有什么特点吧！我会画好的！"

端木一寒点点头，徐徐说道："第一，唐诗和宋词长相不同。唐诗是一个文质彬彬的少年，性格严谨。因为唐诗主要以五言古体诗、七言古体诗、五言绝句、七言绝句、五言律诗、七言律诗的形式出现，每句五个字或七个字。

"与唐诗相比，宋词就是一个自由散漫的人了。虽然宋词受到词牌的限制，有固定句式和韵律，但很少出现每句字数都相同的情况。因此词又被称为长短句，看起来潇洒不羁。"

话没说完，利小馨便在黑板上飞快地画下两个少年的轮廓。一个少年发髻规整，手拿书卷，表情认真严肃；另一个少年长发披散，髻上插着一支玉簪，腰别长剑，面露顽皮的笑容。可以看出性格完全不同。

端木一寒看了看黑板上的画，点点头，继续往下说："第二，内心不同。诗言志词言情，唐诗，我就叫他小唐吧，他喜爱借景抒情、托物言志，表达自己的志向和抱负。而宋词，且叫他小宋吧，小宋喜欢抒发内心细腻的情感，时而风花雪月，时而壮志豪情，令人捉摸不透。

"看，小唐和小宋这两个人，不同时代、不同外形、不

同性格，代表着唐诗宋词的差异。"

　　不愧是北京市青少年诗词大赛的第一名，班上的同学都佩服极了。

　　利小馨也在端木一寒的描述下，完成了小唐、小宋两个形象。小唐一看就是斯斯文文、拥有鸿鹄之志的少年，小宋是另一番潇潇洒洒、无拘无束的少年模样，生动极了！同学们一看就明白了唐诗宋词的不同之处，不禁鼓掌叫好！

　　端木一寒继续表达自己的看法："唐诗至豪，宋词至雅。我和梅老师的喜好相似，比起唐诗，更爱宋词。宋朝是中国历史上最具风雅特质的朝代，点茶、焚香、挂画、插花，宋人将日常生活提升至艺术境界，使得后世许多人都对那个时代心向往之。"

"中国历史上最具风雅特质的朝代？哇，这么夸张！"

同学们向端木一寒投去崇拜的目光，糯米也很欣赏这位新同学独特的表达方式，但她还有点不服气，毕竟她是个真正去过唐朝的人！

第五章

由东坡肉引发的好奇心

晚餐时，糯米面对一桌子香喷喷的饭菜，却有点心不在焉。

"今天有一道大菜哦！"妈妈端着一盘香气扑鼻的菜走出厨房，笑着说，"糯米、团子，快尝尝妈妈的新成果！"

只见盘子里码着方方正正的肉块，色泽鲜红，映衬着青翠的葱碎，看起来诱人极了。

团子迫不及待地夹了一块，咬了一口，惊叹道："妈妈，这个红烧肉怎么这么好吃啊！"

"小笨蛋，这可不是红烧肉。"妈妈笑眯眯地说，"这叫东坡肉！"

"东坡肉？跟苏东坡有关系吗？"糯米好奇地问道。

"就是宋朝大文豪苏东坡发明的呀！他啊，可是一个大吃货，哦不，大美食家。"爸爸回答道，他也夹了一块肉送入口中，赞赏道，"老婆，这东坡肉入口即化，苏东坡肯定没你做得好吃！"

"苏东坡就是写《水调歌头·明月几时有》的苏轼吗？"糯米继续发问。

"没错。苏轼号东坡居士，人称苏东坡。"妈妈说，"这道菜，是他在徐州任知州时发明的。今天我照着菜谱试了下，和红烧肉的做法还是有区别的。红烧肉是炒熟的，而东坡肉是焖熟的。"

糯米也咬了一大口东坡肉，鲜美的味道涌入口中，真是好吃极了。

九儿咽着唾沫绕着餐桌走了一圈又一圈，馋坏了。糯米夹了一块悄悄递到桌下，九儿啊呜一口就吞到了肚子里。

晚饭后，糯米抱起九儿回到房间，掩上门，迫不及待地说："九儿，今天我们语文课上讲了宋词！梅老师最喜欢的宋词《水调歌头·明月几时有》的作者就是妈妈晚餐做的东坡肉的发明大厨……天哪，我在说什么？"

"糯米，慢点，你先组织组织语言……"九儿有点哭笑不得。

"九儿你就别逗我啦。你懂的，我很好奇苏东坡是一个怎样的人。他怎么又当大文豪，又是美食家呢？"

"嘻嘻，何止这些。无论诗、词、书、画、散文，苏轼都是顶尖人物。"九儿摇着尾巴，看来它对地球上的名人还挺熟悉的。

"苏轼不偏科？"

"偏科？对于苏轼这样的超级学霸是不存在的！"

"糯米，我给你说说苏轼的厉害之处吧。论写诗，他和黄庭坚并称苏黄；论写词，他和辛弃疾并称苏辛；论写散文，他和欧阳修并称欧苏，名列唐宋八大家；论书法，他和黄庭坚、米芾、蔡襄并称'宋四家'；论绘画，他擅长画墨竹，明确提出了'士人画'的概念。怎么样，相信他是个全才了吧！论厨艺嘛，放到现在，肯定是米其林三星级餐厅的主厨水平，哈哈！"

"宋朝竟然有这么优秀的人物，怪不得端木一寒说宋朝比唐朝好！"

"这是你们那个新同学的观点？"

"是啊，我很不服气呢。但是他今天在课堂上把唐诗宋词比喻成两个不同风格的人——小唐和小宋，分析二者的不同，十分形象，而且大部分同学都喜欢小宋，觉得小宋特别潇洒！我觉得是因为他们没有见过真正的唐朝！"

"这个方法倒是挺有趣的。"

"方法确实好，可是我并不认可他的观点。苏轼再厉害，有唐朝的大诗人李白厉害吗？九儿，我们可见识过李白的盖世才华！"糯米提出自己的疑问。

"糯米，你把苏轼和李白做比较，宋朝有个皇帝也这样比过。"

"哇，我竟然和皇帝想的一样？"

"有一天，宋神宗问大臣，苏轼可与哪位古人比肩？大臣回，诗仙李白。宋神宗回答，李白虽有苏轼之才，却无苏轼之学。就是说，李白有苏轼的才气，学识却不如苏轼广博。"

"在这个宋神宗心中，苏轼比李白还厉害呢！九儿，你可以答应我一个小小的请求吗？"糯米忽然眼睛闪闪发光。

"说说看……我不能保证……"

"你的九号猫窝修好了吗？我想去宋朝！我想见见这个比李白还厉害的大文豪苏东坡，我太好奇了！"

"怎么，你又喜欢宋词了？不喜欢唐诗了？"九儿拿糯米打趣道。

"我喜欢唐诗啊，而且我也了解唐诗之美呀。可宋词和唐诗完全不一样，端木一寒说宋朝是我国历史上最风雅的朝代，我想去！想去！"

"好吧，老时间，咱们试试。不过我从没定位过公元960年之后的时间，失败了别怪我。"九儿松了口。

也许九儿对宋朝也非常感兴趣吧，或者九儿也很想尝尝苏东坡亲手做的东坡肉！想到这儿，糯米不禁咧着嘴笑起来。

"别忘了，带上《宋词三百首》。"

"九儿放心，今天课后梅老师送了我一本！就在我书包里！"

原来，今天的语文课后，细心的梅老师发现糯米皱着眉头，嘟着小嘴。梅老师以为她不开心了，便在课后递给糯米一本《宋词三百首》，希望糯米在熟读《唐诗三百首》后也能熟读这本书，感受一下宋词的魅力。

其实糯米并没有不开心，她是在回忆自己在唐朝的经历，回想那些经历，她更不能认同宋词比唐诗更胜一筹的观点了。

第六章

初识宋朝：密州奇遇

老时间，午夜 12 点。

糯米披着薄薄的小毛毯，光着脚丫，怀抱着《宋词三百首》蹑手蹑脚地从漆黑的卧室摸到厨房。九儿的九号猫窝正在黑暗中发着淡黄色的光，不是很强烈，但很温暖，像一只在沉沉夜空中发光的萤火虫，这只萤火虫仿佛知晓了整个宇宙的秘密。糯米又惊又喜，已经好几个月没有这么刺激的时空旅行了，宋朝！宋朝！我来啦！

九儿闭着眼睛趴在九号猫窝里，表情还挺严肃的，仿佛在思考着什么。

"九儿九儿，我来啦！"糯米轻轻说。

"糯米，你总是这么准时。"

"当然啦，我再不来，你都要睡着了。"

"不，我在思考能不能改变人类现实的时间定位。比如，不再让你半夜爬起来，万一被爸爸妈妈发现了，就完蛋了！"

"哇！猫窝已经这么智能了？这几个月你还有什么重大进步？"

"理论上说，我对人类时间流的逆向定位更加精准了。比如，你现在最想见谁？最希望了解什么？"

"我想去宋朝啊！见见苏东坡！我想知道他是怎样的人，又是怎么写出梅老师最喜欢的《水调歌头·明月几时有》的！对了，我还想吃东坡肉！"

"呃……"九儿面透难色，尴尬地回答，"你这想法也太多了，让我提取哪个信息好呢？不管了，你先过来吧。"

糯米抱着《宋词三百首》站进了发光的九号猫窝，淡黄色的光变成白炽灯一样的光团，包裹住糯米，糯米感觉身上热热的。

啊呀，我真的穿越了吗？

刺眼的光芒散去之后，眼前黑咕隆咚的，和午夜12点时糯米的房间一样黑。一阵凉风袭来，糯米冷得打了个哆嗦，抬头一看，风把夜空中厚厚的云层吹散了，露出一轮又大又圆的月亮。

借着皎洁的月光，糯米低头一看，九儿正蜷缩着身子躺在自己脚边，还闭着眼睛呢。

"快醒醒，九儿，我们现在在哪儿？"

九儿睁开圆圆的眼，活动活动身子，站了起来："这是按我的新算法进行的一次时空穿梭！待我观察一下！"

原来，糯米和九儿正站在一个光秃秃的山坡上，整个山坡只有一棵大槐树，四周黑漆漆的，远处大约两三公里外的地方似乎有一片灯火闪烁。

"那边有人，走，我们去看看！"糯米指着灯火说。

这里竟然是一个热闹的夜市。狭窄的街道两旁开满了小商铺，还有人挑着担子卖点心。街边小铺大多挂着灯笼，售卖着令人垂涎欲滴的鸡丝面、盐煎面、芝麻汤圆……空气中飘来一阵阵食物的香气。食肆和酒铺门口旗帜飘扬，一只大圆肚子酒坛边竖着木牌，上面写着小楷：新酒小酒老酒……看来这里的人也爱喝酒！还有卖花的铺子、喝茶的铺子、卖纸画的铺子……令人目不暇接。

"这……这是宋朝？"糯米不敢相信自己的眼睛。这也太繁华了吧！糯米对九儿轻声说，"你确定这不是某某影视城？"

"让我观察观察！"九儿瞪大了眼，目不转睛地盯着流动的人群。

只见街上走动的男子大多穿着长袍襕衫，头上扎着幞头，倒与唐朝的装束有些相像，但在色彩和工艺上显得朴素一些。而在商铺里干活的小工大都短衣、紧腿、缚鞋，十分利索。

女子们穿着倒是清丽，上衣大多为短衫子，下身配了长裙甚至长裤，还有几个看起来像是富贵人家的小姐，穿着两袖宽大的裙子。衣服颜色以淡红、淡蓝、浅黄、珠白为主，非常雅致，和唐朝女子喜欢姹紫嫣红的华丽装扮明显不同。

"嘿嘿，没错，这就是宋朝！"九儿伸出胖胖的爪子指向街边一个八九岁、穿着精致的女孩，"你看，这个女孩穿着大袖礼服，她今天可能要参加重要庆典呢。"

那个女孩仿佛听见了声响，向糯米和九儿转过脸来。她落落大方地走过来，开口问："咦，小姐姐，你怎么这番打扮？"

糯米低头看自己，正穿着一身卡通猫图案的睡衣睡裤，她不禁尴尬地挠挠头。之前，糯米每次去唐朝前，都会悄悄换上唐朝许寒送她的"唐朝少年装"，以免和唐朝人的样子格格不入，但这次来宋朝，她竟然忘记了。

"小姐姐，你身上的衣服上绣的是这只猫吗？"女孩蹲下身，抚摸着九儿。

"这……这不是刺绣……是印花……"糯米答道。她挑这件睡衣时，就觉得衣服上的猫咪图案和九儿很相似。

接着，糯米询问起自己最关心的事："小妹妹，请问现在是哪一年？这里是哪儿？"

"这你竟然不知道？"女孩笑起来，"今年是熙宁九年呀！这里是密州。"

大宋熙宁九年是公元哪一年呢？糯米可算不清楚。

"小姐姐，今天是中秋夜，也是我的生辰。阿爹阿娘为我办了宴席，你也来参加好不好？"女孩向糯米发出了邀请，看起来她很喜欢糯米。

原来今天是中秋节，还是这孩子的生日，怪不得她穿着水粉色宽袖长裙，上面的刺绣图案十分精美，和街上其他人的装束比起来显得有些隆重。

"我很荣幸。祝你生日快乐！"

"太好了，快跟我来！"小女孩主动牵起糯米的手，向街边一家人满为患的食肆走去。

食肆二楼的房间里，桌上摆满了美味佳肴，有肥美的红烧蹄膀、鲜鸡菌菇汤、清蒸鱼……五六个中年人正坐在桌前谈笑风生。其中一个身穿淡绿色长裙的三十多岁的女子，见到小女孩连忙叫道："小寿星回来了。"

小女孩应了声："娘，我带来一个朋友。"

大家顿时停下说笑，一齐把目光投向糯米和九儿。那女子和蔼地笑道："这小姑娘看起来很有趣，还有这只大白狗，模样儿真乖。"

"伯母好，我叫糯米。这不是狗，是我养的猫，叫九儿。"糯米也礼貌地回应。

"是我眼花了，这猫儿好生可爱。"女孩母亲伸手摸了摸九儿毛茸茸的脑袋，说道，"快坐下吧，小女的朋友都是贵客。"

看来小女孩是家里的掌上明珠。

"小女居然会待客了，汝子可教也。今天客人多啊，待会儿还有一位大人物要来！"小女孩的父亲爽朗地笑道，他圆脸、长胡须，看上去很慈祥。

"阿爹，什么大人物啊？"小女孩好奇地问。

"是我们密州的知州！"

第七章

水调歌头：千古奇才苏轼

话音刚落，一个中年男子推门进来。

只见他中等身材，一身不起眼的灰青色粗布长袍，腰间别着一个酒葫芦和一把长剑。他面容清瘦，双眼奕奕有神，带着笑意，一看就是个乐观开朗的人。

"各位恕罪，苏某来迟了。"

几位男子立刻躬身作揖，显得很恭敬。

"苏大人，请。"女孩父亲请中年男子落座。

这时小女孩称呼来人："苏伯伯好！"

中年男子看见小女孩，便从衣襟里拿出来一个五彩斑斓的鸡毛毽子："来，伯伯送你一个礼物。"

小女孩接过毽子，又拉着糯米，说："小姐姐，和我一起踢毽子玩啊！"

这时，女孩父亲小心翼翼地请男子坐到最中央的位置，在男子耳边悄悄说了几句话，没想到这个男子竟勃然大怒，他眼里的笑意全无，取而代之的是愤怒。他涨红了脸怒斥道："胡闹！此地近两年蝗灾连连，你们几个不作为，还要拉我入伙！百姓的苦你们何曾体谅！我给你们三天时间，都收敛收敛，否则我必不放过胡作非为之人！"说完，男子转身拂袖而去。

苏大人？苏伯伯？

糯米拔腿追了出去。

"小姐姐！"小女孩在身后喊，起身想要追赶糯米，却被父母拉住了。

中年男子健步如飞，仿佛快走便是宣泄他心头怒气的方式。他在繁华的夜市里穿梭着，身边热闹的店铺丝毫吸引不了他的注意。糯米和九儿在他身后追得气喘吁吁，还是没追上，一会儿那人就不见了踪影。

人呢？

"糯米，你别跑那么快，要是体育课你有这劲头，早跑第一名了！"九儿气喘吁吁地跟着糯米在夜市里穿行。

糯米停住脚步，失望地说："跟丢了。这个苏大人一会儿就跑没影了。"

"你追他干什么？他看起来脾气可不好，让他去呗……"

"九儿，我觉得他就是我们要找的人！"

　　"不一定哦。这是我第一次来大宋，也许算得不太准。"

　　九儿建议，"不如咱俩回去吧，呼呼睡上一个大觉，明天我再好好检查一下新程序有没有 bug（程序错误）。"

"好吧。"

糯米有点落寞地和九儿回到了那棵大槐树下。

皓月当空，洒下一大片银色月光，整个山坡仿佛披上了一件巨大的银色披风，仙气十足。一阵风轻轻吹过，大槐树的树冠在风中摩擦晃动，发出沙沙沙的响声。

一个人影也在树下晃动着。从影子的动作看，他似乎解下了腰间的酒葫芦，饮了一大口，把酒葫芦抛到地上，又敏捷地抽出一把长剑，在月光下舞起来。剑法如行云流水，看起来潇洒极了。

糯米和九儿躲在树后，专心致志地欣赏起来。眼前这场景：圆月、槐树、微风、舞剑的人，简直像在看一部浪漫至极的黑白电影。

忽然，他开口吟诵道：

明月几时有？把酒问青天。不知天上宫阙，今夕是何年。我欲乘风归去，又恐琼楼玉宇，高处不胜寒。起舞弄清影，何似在人间。

转朱阁，低绮户，照无眠。不应有恨，何事长向别时圆？人有悲欢离合，月有阴晴圆缺，此事古难全。但愿人长久，千里共婵娟。

糯米看得呆了，也听呆了。

"哇，他真的是苏轼……"九儿用毛茸茸的尾巴蹭着糯米，小声提醒道。

"何人？出来吧！"那人念罢，把长剑重新插回腰间剑鞘，仿佛早已经知道糯米和九儿的存在。

糯米和九儿尴尬地从大槐树后面走出来，借着月光，走近一看，这人正是刚才小女孩生日宴上消失的知州苏大人！

"您……真的是苏轼苏先生吗？"糯米小心翼翼地问，但她马上又大声肯定地说，"没错儿，您就是苏轼先生！"

"原来是食肆里的奇怪孩子。"苏轼看了看糯米，想了起来，"你们和那帮人是什么关系，怎么又在这里？"

"啊，没关系！苏先生……我，我……"糯米一激动，语无伦次起来。

苏轼看着糯米和九儿微微一笑，盘膝坐在大槐树下，点头示意糯米和九儿也坐过来。

"慢慢说。"

"我的名字叫糯米。请问您刚才念的这首词是《水调歌头》吧？"

"糯米？好名字！你这孩子虽然古怪但还算机灵，这首词的词牌的确是'水调歌头'。"

"我会唱！"

"唱？"苏轼疑惑地问。

"唱您这首《水调歌头》啊！"

"此词牌的确有谱曲，你会唱？"

"请您听听。"

糯米照着梅老师的音调唱了起来，唱完了，苏轼豪爽地笑起来："你这孩子真是有趣。唱得完全不对，但也莫名地好听。"

虽然宋词都有对应的谱曲，但糯米唱的可是现代的谱曲，放在宋朝可能真的很古怪！

"苏先生，您为何问**'明月几时有'**？这不，天上正有明月，还这么明亮。"糯米说出自己的疑问，这首词的作者就在身边，可一定要抓住这个好机会。

"是啊，今日中秋，月圆方得如此。"苏轼沉吟了一会儿，缓缓道，**"丙辰中秋，欢饮达旦，大醉，作此篇，兼怀子由。"**

"子由是谁？"

　　"子由乃吾弟苏辙。"苏轼深情地抬头看向天空说，"你看，今夜月圆如银盘，它是不是在告诉人们，中秋节这一天亲人要团团圆圆？"

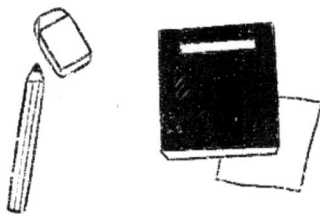

第八章

"天上人间"与爱因斯坦相对论

本该阖家团圆的中秋节，大文豪苏轼却一个人喝酒舞剑，他一定很孤独，一定很想念自己的亲人吧。但糯米真不知道怎么安慰他，她想还是继续和苏轼谈谈诗词吧。

"**'不知天上宫阙，今夕是何年'**，苏轼先生，您为什么会这么问呢？今年不是大宋熙宁九年吗？"糯米想到小女孩说的年代。

"哈哈哈，你这孩子，可知道'天上一日，人间一年'的说法？"苏轼被糯米问得开怀大笑。他饶有兴致地和糯米探讨起来，"我以为，天上与人间必然有着不同的计算时间的方法。人间光阴如白驹过隙，而天上仙人的日子或许十分缓慢呢！"

"所以您不知道此时此刻中秋夜，在天上神仙那里又是哪一年哪一天。"糯米脑筋一转，佩服地说，"您对时间的思索，和爱因斯坦的相对论很相似！"

"相对论？论什么？爱因撕毯是什么毯？"

"哦，不不不，他是一个伟大的科学家，是外国人。他发现了人类的时间相对关系，也就是对时间的质疑，和您的说法非常像。"

"哦，这个撕毯先生有何理论？说来听听。"苏轼竟然也像个好奇宝宝。

"呃，相对论实在太深奥啦，我也说不清。"糯米忽然灵机一动，想起一个有关爱因斯坦的小故事，"比方说——您同一个美丽的姑娘坐在火炉边，一个时辰过去了，您觉得好像只过了一小会儿。反过来，您一个人孤单地坐在热气逼人的火炉边，只过了一小会儿，却像坐了一个时辰。嗒，这就是相对论！"

"哈哈哈，这撕毯先生的相对论着实妙不可言。"

"是啊，你们都对时间的规则进行了思考。"糯米说，"看来您不仅是大诗人，还是哲学家！"

"唉，光阴似箭，一眨眼吾已到不惑之年。"苏轼摇摇头，表情黯淡下来，他起身念着，**"我欲乘风归去，又恐琼楼玉宇，高处不胜寒。起舞弄清影，何似在人间。"**

只见他的灰青色衣袂在风中飘舞，一轮璀璨的圆月当空照，他的身影真似仙人一般。但这"仙味儿"又不同于李白的仙，糯米感觉李白像从天上而来的诗仙，而苏轼像活在人间的仙人，一边经历人世浮沉，一边向天上众神诉说心中的疑惑。真怕一阵风吹来，他会乘风归去。

但苏轼这一句**"又恐琼楼玉宇，高处不胜寒"**，是不是暗示着如果在仙人和凡人之间做选择，他还是会选择凡人呢？

糯米看着眼前这一幕，似乎明白了**"起舞弄清影，何似在人间"**的含义，她感受到苏轼在潇洒豪爽的外表之下，隐藏着无限惆怅，感受到了苏轼的清醒和对人间的出离。此时最最神秘的事物——"时间"似乎凝固了，糯米也不知道自己是在人间还是仙境，是在 21 世纪的中国还是在宋朝的熙宁九年，又或者是另一个奇妙时空？

"转朱阁，低绮户，照无眠……"糯米不禁喃喃念起这首词后半阕的句子，忽然拍起掌来赞叹道，"妙啊，苏轼先生！"

"哦？妙在何处？不妨道来。"苏轼问。

"苏轼先生，妙在您这句连用三个动词，转、低、照，来描述月亮的运动。月亮转过朱阁，又轻又慢地挂在窗户上，月光洒进窗户，照着床上无眠的人。看来您失眠啦！那么，失眠的您是在床上辗转反侧，还是跑到院子里邀月同饮呢？"

苏轼对糯米的解读表示赞同，随后解释道："自从王安石变法以来，多少个夜晚我都彻夜无眠，忧心这翻天覆地的变革对我大宋百姓不利。有时实在睡不着，便起床写诗作词，打发漫漫长夜，这样时间倒过得快一些。"

"王安石？这名字似乎听爸爸妈妈提过。"

"糯米，你竟不知当朝宰相王安石？哈哈哈，不知那老儿也好。"

"我会弄清楚的！苏轼先生，您把月亮写得像跟您'心有灵犀'的老朋友。如果语文课上讲这首词，梅老师可能会说，您把月亮写活了。"

"没错。但……"苏轼越发觉得眼前这个叫糯米的小姑娘奇怪了，总是说些让人听不懂的话，语文课是什么？他还没问出口就听到糯米说："'**不应有恨，何事长向别时圆？**'这句我真不明白，您是指在您和弟弟的分离之际，月亮却如此圆，对此不应该有恨意吗？"

"此恨非彼恨，更多是遗憾。孩子，你抬头看看月亮，自鸿蒙初辟，月亮总是阴晴圆缺不定，既有今日圆月时分，也必有残月之时。就像我们人类总有悲欢离合一样。至于与亲人分离，人生几多遗憾，不该怨天尤人，而应欣然接受。"

"是的！月亮圆缺这是自然现象。人也一样，总是悲悲喜喜的。我就经常这样，期末考 100 分我就开心得要命，但我很少能考 100 分。很多时候错了不该错的题，粗心啊！好难过呢！"糯米联想到自己的学习，感叹道，"但是，我得承认考不到满分是常态，这样的话考 100 分就会让我特别高兴！也挺好！"

"哈哈，糯米，你在说什么？是要准备科考吗？"

"不是不是！我们那里的人不科考。"糯米来不及解释，只想尽快把这首词弄清楚，"我有点明白什么是**'人有悲欢离合，月有阴晴圆缺，此事古难全'**了。万一我做事没做好，也不应该抱怨这抱怨那，而是要接受现状，找到原因，下一次再尝试，对吗？"

"我几乎要把你当作我的忘年小知己了！"

"那**'但愿人长久，千里共婵娟'**呢？这两句可是流传千古的名句呢！"

"怎么刚作出来的词就成千古名句了？"苏轼有点哭笑不得，但他仍耐心地说，"你看，这个中秋节，我与子由虽然天隔两地，却共享一轮明月。只希望他平安喜乐，能与我共同沐浴在月光里，如此，便如同与我欢聚一堂。"

此时的苏轼并不是出现在语文课本里被大家膜拜的偶像，他更像是糯米的好朋友，倾诉着他对弟弟的思念。

这时，九儿悄悄蹭了蹭糯米的腿，有点焦急地提醒九儿，回到现实的时间到了。

糯米可真舍不得，但不得不离去，只得向苏轼道别："苏轼先生，我要走啦。希望我们很快能再见面，到时我会跟您说我的故事。对了，我还有很多问题要向您请教，对对，还有好吃的东坡肉！"

"东坡肉又为何物？"苏轼仍然沉浸在思念亲人的思绪中，捡起地上的酒葫芦又喝了几口。

糯米和九儿迅速跑到大槐树的背面，九儿默默启动猫窝里的时间芯片，白炽光很快再次闪现，形成一个温暖的环形光晕，像神秘的宇宙虫洞，满满的磁力一下把糯米和九儿吸附了进去！

第九章

乌台诗案

放学后，糯米没有像往常那样和安然、利小馨她们结伴回家，而是从教学楼背面转了个弯，转身去了学校最漂亮的建筑——小白楼。图书管理员欧阳爷爷正在低着头整理一大摞书籍。同学们早就发现他长得很像《哈利·波特》里的老校长邓不利多了，甚至还有同学幻想欧阳爷爷会魔法，不然他是怎么把明园学校图书馆里的上万本书整理得井井有条的？

"欧阳老师！"

欧阳爷爷闻声抬头，推推鼻梁上圆圆的老花镜，看见糯米一下子笑得眼睛眯成了月牙儿。他摸了一把自己的白胡子，招呼糯米："原来是糯米来啦，今天想找什么书？"

"我想了解宋朝……"糯米又补充了一下，"……的苏轼。"

"哈哈，原来是东坡居士啊，我最喜欢的古代文人之一！"

"那您对他很有研究了？"糯米好奇地问，"他是一个怎样的人呢？听说他是个全才，是真的吗？"

"他呀，何止是全才，他是古往今来多少文人墨客的偶像啊！"欧阳爷爷谈起苏轼眉飞色舞，"他的成就岂止在文学方面，书法、绘画他也很擅长。而且他个性达观乐天，在经历挫折时仍然保持乐观的心态，他是我们这个时代的男女老少的榜样！"

"他就是一个乐天派宝藏男孩！"忽然，一个声音传来。

端木一寒从一排高高的书架后走出来，好像对欧阳爷爷和糯米的谈话很感兴趣。他跟糯米打招呼："同桌你好，怎么，你也对宋朝感兴趣了？"

哼，可不能承认是因为端木一寒对宋朝的称赞，才让她对宋朝产生了兴趣。于是她回答："才不是呢，我是对苏轼感兴趣。因为我妈给我做了一道东坡肉！所以嘛……我想知道这位大文豪是怎么做到既会写诗词又会做菜的呢？"

欧阳爷爷听着两人的对话，哈哈大笑。他非常喜欢听同学们讨论诗词和古代文化。他饶有兴趣地说："谈起苏轼是怎么发明东坡肉的，要从他人生的一次大灾难和转折点——乌台诗案说起！"

"乌台诗案？"端木一寒和糯米都瞪大了眼睛，好奇心被勾了起来。

"来来来，你们两个小家伙坐下，我们好好聊聊苏东坡这个人和糟糕的乌台诗案。"欧阳爷爷招呼糯米和端木一寒坐在自己的工作台前，拎来热水壶，摆出三个杯子，倒进乌龙茶叶，好像款待贵客一样。

"不不，欧阳爷爷，我不喝茶。"糯米连连摆手，"白开水就好啦！"

"我要尝尝。"端木一寒却端起乌龙茶，递到嘴边，小心地吹了吹气，抿了一口。

欧阳爷爷给糯米递了一杯水，便讲起了苏轼的故事：

"苏轼出身于宋朝一个鼎鼎有名的文学世家，是如今的四川省眉山人。当时的大宋，有'三苏'的说法，指的就是苏家父子三人，父亲苏洵，儿子苏轼和苏辙。他们爷仨同时入选了唐宋八大家，文学地位可见一斑！"

"对对，苏辙是苏轼的弟弟，他叫子由！"糯米想到那晚的中秋节，苏轼说，**兼怀子由**，那一定就是苏辙了！

"没错，苏辙也是一个非常有才华的人。可惜他哥哥苏轼实在是名气太大，盖过了苏辙，所以现代人不太熟悉苏辙这个才子。

　　"苏轼从小就是一块读书的料，简直是神童。他曾立志要识遍天下字，读尽天下书，可见他的雄心壮志。嘉祐元年，父亲苏洵带着两个学霸儿子，二十一岁的苏轼、十九岁的苏辙，从偏僻的西蜀地区，进京赶考，苏轼一考成名。当时主考官欧阳修预言苏轼：'此人可谓善读书，善用书，他日文章必独步天下。'"

　　"欧阳修可真是好眼力，伯乐啊！"端木一寒听到这里赞叹道。

　　"可不！苏轼的才华无与伦比，又得到文坛泰斗·欧阳修的赏识，一时间声名鹊起，可谓'**春风得意马蹄疾，一日看尽长安花**'。按照常理，苏轼进士及第后应该青云直上，飞黄腾达，可是天有不测风云，老家传来噩耗，苏母去世了，于是苏洵带着苏轼和苏辙回乡奔丧。嘉祐四年，守丧期满，第二年三苏重返汴京。嘉祐六年，苏轼在制科考试被评为第三等，由于第一、二等虚设，因此第三等实际为第一等。

　　"本来应该大展拳脚了，但没过几年，妻子王弗、父亲苏洵先后病逝，苏轼又守孝三年。三年后，苏轼回朝时，著名的王安石变法开始了。苏轼的许多师友，包括当初赏识他的恩师欧阳修，因反对变法与宰相王安石政见不合，被迫离开京城。"

"王安石变法？"糯米想起来那晚苏轼谈到因为王安石变法，经常睡不着觉，还笑说，"不识那老儿也好"。

"王安石变法，是宋神宗熙宁二年开始的一场政治改革运动。主要新制度有青苗法、募役法、农田水利法等，目的是富国强兵，挽救宋朝政治危机。这些以后你们中学历史课会学的，重点是，苏轼认为王安石的新法过于激进，反而加重了百姓的负担，因此他反对变法。"欧阳爷爷继续娓娓道来。

"苏轼胆子可真大，敢反对宰相！"端木一寒佩服地说。

"是啊，后来苏轼主动请求出京任职，他在许多地方都做过官，比如杭州、密州、徐州……"

"密州……"糯米一下子掉进回忆里，那晚中秋夜就是在密州。

"苏轼的过人之处在于不管遇到什么困难，都能保持乐观。他自请出京后的第一站就是杭州，虽然离开了京城，但他并没有灰心，还为西湖写了一首千古名篇。"

饮湖上初晴后雨

水光潋滟晴方好，山色空蒙雨亦奇。

欲把西湖比西子，淡妆浓抹总相宜。

"写了晴天和雨天的西湖？"端木一寒反应很快，似乎听一遍就懂了，"苏轼这是把西湖比作中国历史上的四大美人之一西施？"

"哈哈哈，可不是嘛。西施这样的美人，可不是淡妆浓妆都好看嘛！"欧阳爷爷抚着胡子大笑道。

糯米也承认这首诗通俗易懂，清雅动人。记得有一年暑假，爸爸妈妈带着她和团子在杭州西湖旅游时，看到西湖在阳光的照耀下，波光闪闪，可不正是**"水光潋滟晴方好"**，不一会儿下起了小雨，淅淅沥沥的雨点洒到湖面上，再抬眼看看远处的群山，在蒙蒙雾气的笼罩下，真是奇妙又漂亮，又应了这句**"山色空蒙雨亦奇"**。

但是**"欲把西湖比西子，淡妆浓抹总相宜"**这句嘛，浓妆的西施……肯定没有淡妆好看，糯米心想。

"嗨，同桌你在想什么呢？"端木一寒在糯米面前挥了挥手，把沉浸在回忆里的糯米拉回到了现实，"马上要讲到乌台诗案了！"

"元丰二年，苏轼调任湖州知州，随后他给宋神宗写了一篇《湖州谢上表》，其中有几句话被改革派挑了出来，他们说苏轼的这篇文章莽撞无礼，包藏祸心，想借机除掉这个眼中钉！"

"苏轼写了什么呢？"

"也不知苏轼是无心还是有意，他在文章里不经意吐槽了几句：'**知其愚不适时，难以追陪新进；察其老不生事，或能牧养小民。**'意思就是，陛下知道我愚昧，不合时宜，难以和新派人物共同进步，又考虑我年纪大了不会多生事端，让我到湖州任职。"

"这不是一句挺正常的话吗？"

"这句话本身没毛病，只不过看的人觉得有毛病，抠了抠字眼，就琢磨出味道来了。那几个人接连上书神宗皇帝，说苏轼这几句是在讥讽皇帝，反对新法，要求皇上严惩苏轼。宋神宗大为恼火，派人逮捕了苏轼，把他押解到京师受审。

"得了圣旨，吏卒便快马加鞭去湖州抓人，生怕苏轼跑了。苏轼正准备在湖州大展拳脚呢，却被五花大绑带走了。这就是乌台诗案。"

"那为什么这件事叫乌台诗案呢？"

"所谓乌台，是指御史台，这件案子后来是由御史台来审理的。御史台那个地方，一直种有柏树，树上有许多乌鸦筑巢，因此也称乌台。"

"原来如此。"

"后来呢，这事闹得这么大，结果怎样？"

"乌台诗案中，虽然有人想害苏轼，但也有人想救苏轼。你们两个猜猜这个人是谁？"

"苏轼的弟弟苏辙救了自己的哥哥？"糯米猜道。

"不是。"端木一寒摇摇头，"苏辙肯定想救哥哥，但他被哥哥牵连，自身难保，估计有心无力。"

"是啊！"欧阳爷爷朝端木一寒点点头，"最后救苏轼的这个人，竟然是苏轼的对头王安石！"

"啊？"

"王安石和苏轼只是政见不同，同为才华横溢的文学家，他俩还是惺惺相惜的。发生乌台诗案，王安石都坐不住了，他为苏轼求情，劝神宗说，'圣朝不宜诛名士'，意思是如此盛世哪有杀才子的？这句话救了苏轼一命。"

"王安石也是个有情有义的人。"端木一寒说。

"后来呢？"糯米听得津津有味。原来两个大文人之间还有这么多恩怨，既能当对手，也能当朋友！

"后来苏轼勉强保住了性命，被贬到黄州做官。在黄州时，苏轼写下了流传千古的好文章。这又是另一个故事了！"

　　"哇，快说来听听！"糯米和端木一寒都不约而同地催促道。

　　"天色不早了。"窗外，橘红色的夕阳挂在西边的天空，欧阳爷爷推推鼻梁上的眼镜说，"你们两个小家伙该回家了。"

第十章

诗词佐美食

"妈妈，今天晚餐可以再做一次东坡肉吗？"早餐时，糯米啃着蒜香法棍，向妈妈提议。

"哈哈，我们家小糯米怎么成肉食动物了？"妈妈说，"你不是说要当苗条的女孩吗？"

"妈妈！"糯米圆圆的小嘴嘟了起来，"人家又不胖，哼。"

"耶！耶！同意姐姐的意见！我也要吃香喷喷的东坡肉！"团子举起手，对姐姐的提议表示强烈的赞同。

"逗你玩的糯米。"妈妈笑着说，"其实我也爱吃呢，而且我也很崇拜苏东坡！"

"妈妈也崇拜苏轼？"糯米好奇地问。

"何止我啊，咱们中国许多作家、学者，比如林语堂、余秋雨、易中天等，他们都是苏轼的粉丝！"

"糯米，作家余光中曾经说过，如果要找一名古人一起去旅行，不要找李白，他不负责任，不现实；也不要找杜甫，他一生太苦，恐怕太严肃；要找就找苏东坡，他是一个能让一切变得有趣的人。"爸爸说了一个小插曲，又补充道，"谁不喜欢和有趣的人做朋友呢？"

哦？原来作家们是这样想的啊……可是李白、杜甫也很友好啊，糯米若有所思……

"放心吧，孩子们，今晚回家你们就能吃到美味的东坡肉了！"妈妈承诺道。

这一天过得特别快。

晚餐时，餐桌上果然摆好了鲜亮的、红彤彤的东坡肉，方方正正，香味就让人垂涎三尺。糯米夹了一块放进嘴里，果然鲜香可口。九儿也得到两块东坡肉，快活得摇头摆尾！糯米暗暗给九儿使了个眼色，九儿边吃边向糯米眨巴眼睛，心有灵犀。

吃完饭后，九儿趁着爸爸妈妈在收拾碗筷，偷偷伸出白白胖胖的爪子，给糯米指了指厨房地上的九号猫窝，糯米心领神会。

午夜 12 点见！

"时间到啦！"糯米是个守时的人。

"嘻嘻，糯米，告诉你一个好消息，我的芯片研究这几天突飞猛进！"黑暗中，九儿的眼睛闪闪发光。

"有什么新发明？"

九儿神秘地说："芯片可以从你脑中思索的人物或事件中提取信息，进行精确定位。"

"天哪，九儿，你太不可思议了！"

"嘿嘿，别拍马屁。先试试，现在你闭上眼睛，抱着《宋词三百首》，站在我的猫窝里，想一个画面……"

糯米按照九儿的指示，刚闭上眼睛，就想到……

"哎哟喂！"

这是哪里？依然是在一棵枝繁叶茂的大槐树下，眼前是一条有点破落的街道。黄昏时分，天边夕阳泛红，不远处有一间破旧的屋子，屋顶的烟囱里冒出缕缕炊烟。

真香！是肉的香味！糯米抱着九儿，抽抽鼻子，寻找着香味的来源，慢慢走近那间屋子，从门缝往里面一看：一个中年男子正围着锅灶煮饭呢。

怪不得这么香啊……比妈妈做的菜还香，他莫非是个大厨？

只见中年男人一会儿用扇子把灶火扇得更旺，一会儿又转身在灶边切起白菜，忙得不亦乐乎。他一转脸，糯米便认了出来，不禁喊道："苏轼先生！"

男子一惊，转身打开门，看到糯米和九儿，有点迟疑……

"苏轼先生，是我呀！"

"你是……"

"还记得密州中秋节吗？那晚您作词《水调歌头·明月几时有》的时候我们见过！我叫糯米。"

"一个孩子和一只白猫，我以为那晚我喝得酩酊大醉出现了幻觉……"苏轼仍然不太相信自己的眼睛。

"不是幻觉，我又来看您啦！"

"那是五六年前的事了……为何你还是小孩子模样？一点也没长？"苏轼越发惊奇了。

"这是糯米的奇特故事，我今天可以告诉您。"糯米自信满满地说。

"哈哈哈，老夫就爱听奇闻怪谈。快进屋上座吧，我得好好招待小贵宾。"苏轼说，"来得正是时候！老夫正在煮一道拿手菜，你来尝尝！"

"怪不得这么香呢！我口水要流下来啦！"糯米的肚子已经饿得咕咕叫了。

"稍等片刻，待会儿咱们边吃边谈。"

苏轼又去了灶边，不一会儿，端上来一大盘红彤形、油亮亮的肉。肉块方方正正，可不就是妈妈做的东坡肉吗？

"东坡肉！"小吃货糯米和九儿的眼睛同时亮成了星星。

"哈哈哈，小孩调皮，怎可用吾名唤此菜？此菜是我在徐州任上时研制的，当地人称它'回赠肉'。这次烧制，我又改良了一下做法。"苏东坡哈哈大笑，吟道，**"黄州好猪肉，价贱如泥土。贵者不肯吃，贫者不解煮。"**

"苏轼先生，您的意思是这里是黄州？猪肉很便宜？"

"是啊。此地黄州，百姓爱食羊肉，猪肉价贱如泥，无人食用……"苏轼笑着摇摇头，说，"他们看不上猪肉这种食材，正好让老夫捡了个便宜，琢磨了数日，**净洗铛，少著水，柴头罨烟焰不起。待他自熟莫催他，火候足时他自美**。糯米，你尝尝。"

苏轼为糯米摆好碗筷，给糯米倒上一杯清澈的水："孩子，你就饮这甘泉水吧。老夫饮酒，哈哈哈。"

糯米迫不及待地尝了一口，哇，入口即化，肥而不腻，鲜甜味美……爸爸说错了，妈妈的手艺真远远比不上美食家苏东坡！

"太好吃啦！"糯米又连着吃了好几块。馋猫九儿急得在桌边直跳脚。糯米赶紧夹起一大块肉喂九儿，九儿这才止住叫声，心满意足地大快朵颐。

苏轼看到自己烹饪的美食竟然如此受糯米和九儿欢迎，不禁抚须笑道："你这孩子和猫儿竟然很识货。"

"苏轼先生，不瞒您说，我和九儿来自近一千年后的中国，在我们那个时代，您这道'东坡肉'非常出名，许多人都会做，我妈妈也做过！"

"当真如此？"

"是的，您这道东坡肉可是中国名菜！"

"你是说这道菜叫东坡肉？"

"没错！大家不仅喜欢这道菜，还喜欢您，我妈妈还是您的粉丝呢！"

"粉丝？你母亲怎变成了粉丝？粉丝不是吃的吗？"苏轼疑惑地问。

"不是那个粉丝，是指崇拜您、仰慕您才华的人。我们那里就叫粉丝。"

"一千年后的语言这等有趣吗？老夫实在想不到，哈哈哈！"

"那时可不是大宋啦！是中华人民共和国。"糯米说道，"您出现在我们的课本里，我们班每个同学都背过您的诗词！我的语文老师还会唱您写的《水调歌头·明月几时有》呢，还记得我唱过吗？我就是跟老师学的！"

"你当时唱得跟我之前听到的《水调歌头》完全不一样。"

"那是我们一千年后的曲谱！"

"也是极动听的。"苏轼显然对糯米的故事很感兴趣，他好奇地问，"一千年后的人们，当真还读老夫的诗词，吃老夫乱煮的菜？"

"当然！您在我们的时代，是神仙一般的人物！许多人都把您当成偶像，称赞您诗书画无所不能！"

"哈哈哈，老夫倒不过是一介凡夫俗子啊。"

糯米说起自己的时代滔滔不绝，真是有太多好玩的事想和苏轼分享啦！苏轼听得津津有味，兴奋时就起身在屋里走来走去，大声说："这简直是乌台诗案后，我遇到的最有趣的事了！这大宋除了我苏轼，谁还能有这般奇遇？"

第十一章

十年生死两茫茫

"对了，乌台诗案，我知道是发生在您身上的事！"糯米忽然想起来，眼前的苏轼这么快乐，难道他忘了人生的重大挫折了？

"您没事了吧？"

"说没事也有事，这不贬官到黄州来了！"苏轼仍然乐呵呵地说，"黄州百姓多贫苦，我要为当地百姓多做些事！"

"那您和宰相王安石和好了吗？"

"他啊，除了变法之事，我实在无法苟同外，文章上我与他可谓惺惺相惜。他如今年迈，退隐后，常骑驴闲逛。听说他常常口袋里装着十多个烧饼，走着走着饿了，便找个地方坐下来，他王宰相吃烧饼，接着仆人吃烧饼，最后驴吃烧饼。哈哈哈！"苏轼谈起王安石竟然也笑起来，仿佛他和王安石多年的恩怨已经烟消云散，"老夫煞是羡慕他的快活日子！"

糯米看着笑容满面的苏轼，敬佩之情油然而生。想想自己，考试没考好，她生气；团子不小心弄坏她的练习册，她生气；马哲伦拿走她的橡皮忘记还，她还生气。可是眼前的苏轼，即使遭遇困境也会苦中作乐！糯米觉得自己真要向苏轼好好学习这豁达乐观的心态！

"吃肉吃肉！"苏轼又给糯米夹了几块东坡肉，好奇地问，"你们一千年后的人，喜欢老夫的什么诗词？"

"我妈妈曾经背过您的'十年生死两茫茫'那首词！"

"哦……"苏轼闪亮的眼睛黯淡下来，"那首词是写给亡妻的。"

他轻声念了起来：

江城子 · 乙卯正月二十日夜记梦

十年生死两茫茫。不思量，自难忘。千里孤坟，无处话凄凉。纵使相逢应不识，尘满面，鬓如霜。

夜来幽梦忽还乡。小轩窗，正梳妆。相顾无言，惟有泪千行。料得年年肠断处，明月夜，短松冈。

"我十九岁时便与妻子成婚，那年她十六岁。我们情投意合，可惜好景不长，婚后十一年，她便因病过世。她走后的这些年，我常在梦里与她相逢。唉……"

糯米看着一脸伤感的苏轼，没想到他乐天的外表下藏着这样深重的忧伤。以前听妈妈念这首《江城子·乙卯正月二十日夜记梦》时，糯米完全没有感觉，根本听不懂。现在听到苏轼在自己面前轻轻念出这首词，糯米虽然没有完全理解每个字词的含义，但其中隐藏的伤感让她感同身受。

糯米很小的时候就想过"死"这件事，第一次想到是在幼儿园的时候。一天，幼儿园老师给他们讲了白雪公主和七个小矮人的故事，白雪公主被王后用毒苹果毒死的情节深深地印在了她的脑海里。中午，她躺在幼儿园的小床上忽然想到，人死了，就再也见不着了。要是爸爸妈妈死了，自己就孤孤单单了……要是自己死了呢？就再也见不到爸爸、妈妈和团子了。天哪，好可怕。想着想着，小小的糯米流下了眼泪。从此以后，她再也没有认真想过"死"这件事。

苏轼发现糯米沉默不语，便轻轻拍了拍她的头，说："不说这伤心事了。老夫带你去游览赤壁矶吧，一起领略一下山川的风采！"

第十二章

共游赤壁怀古

苏轼牵来一匹马，笑着邀请糯米："糯米上马来，现在正是游玩的时候！"

糯米艰难地爬上马背，然后从苏轼手里接过九儿。哇，这还是糯米第一次骑马呢！

苏轼敏捷地翻身上马，手牵住缰绳，大喝一声："驾！"

不一会儿，他们便来到了浩浩荡荡的长江边。马儿拴好后，糯米抱着九儿走到礁石上，只见眼前江水滚滚，深绿色的江水映衬着红褐色的崖石，色彩明丽，不禁让人赞叹大自然的鬼斧神工。岸边有座石崖，形状很奇怪，糯米指着问："苏先生您看那座山像不像……人的鼻子？"

"哈哈，没错，那座山崖名'赤鼻矶'。"苏轼接着说，"山形截然如壁，而呈赤色，故称赤壁。"

"哇，是三国里的那个赤壁吗？"

"此地正是赤壁之战的古战场，曹操与孙刘联军的大战之地。"（赤壁之战发生在如今的湖北赤壁市，赤鼻矶在湖北黄冈市。苏轼把赤鼻矶错当成了赤壁之战的古战场。）

说罢，他来回踱步，望着滚滚东去的长江，气宇轩昂地朗诵道：

念奴娇·赤壁怀古

大江东去，浪淘尽，千古风流人物。故垒西边，人道是，三国周郎赤壁。乱石穿空，惊涛拍岸，卷起千堆雪。江山如画，一时多少豪杰。

遥想公瑾当年，小乔初嫁了，雄姿英发。羽扇纶巾，谈笑间，樯橹灰飞烟灭。故国神游，多情应笑我，早生华发。人生如梦，一尊还酹江月。

糯米刚刚还沉浸在"十年生死两茫茫"的细腻感触中，现在却仿佛和苏轼一同穿越时空回到三国时代，看着那些英雄指点江山。

苏轼沉思道："遥想当年东吴孙策迎请二十四岁周瑜，攻取皖城。"

"就是三国里的周瑜吧？我妈妈说他不仅文武兼备，有雄才大略，而且容貌俊美，被誉为'世间豪杰英雄士，江左风流美丈夫'。"糯米曾经跟着妈妈一起看电视剧《三国演义》。

"你母亲倒是博学。周瑜虽年轻，但智谋深广、战术精妙，他对那场赤壁之战早已成竹在胸、胜券在握！"

"怪不得您写这句**'谈笑间，樯橹灰飞烟灭'**。我仿佛看到了周瑜打了胜仗后的得意模样！"

"是啊，那场战役曹军惨败。"苏轼豪爽地仰天大笑，接着说，"不过，即便周瑜这样的英才，如今也不免淹没在滔滔历史长河中，何况你我呢！人生如梦，我们所经受的一切，终究也会灰飞烟灭……"

"这就是**'人生如梦，一尊还酹江月'**的意思吗？"糯米觉得苏轼这一番话明朗中透着悲壮。

"是啊，孩子，你看大江滔滔东去，人的烦恼、快乐都微不足道。只有天上明月、江边清风是亘古不变的。"

"没错，一千年后，月亮还是高高挂着，风还是徐徐地吹着，也许赤壁还是这般风貌。苏轼先生，等我回到我们那个时代后，会再来这个地方看看。"

糯米在脑中回想着苏轼的这首词，**"多情应笑我，早生华发"**，她有点不解地看着苏轼，苏轼虽然只有四十多岁，但细看鬓发间的确有了些许白发。"大家应该都很羡慕您的才华吧，为何要笑您？"

"傻孩子，老夫年近半百，岁月蹉跎，并非他人笑我，而是我自笑造化弄人。孩子总是有孩子的稚气，等你以后如我这般年纪，便会懂得人世无常。"

"您这词与我读过的诗词真是不同呢，苏轼先生。"

"那是自然。老夫再给你念一首旧作。"

江城子 · 密州出猎

老夫聊发少年狂，左牵黄，右擎苍，锦帽貂裘，千骑卷平冈。为报倾城随太守，亲射虎，看孙郎。

酒酣胸胆尚开张。鬓微霜，又何妨！持节云中，何日遣冯唐？会挽雕弓如满月，西北望，射天狼。

"哇，这是您狩猎的场面吧？好壮阔！"糯米惊叹，"您的词风格太特别了！真有男子汉大丈夫的气概！"

"哈哈哈，我的词虽不像柳七郎的词那般，适合歌女们浅斟低唱，但也自成一派。"

"柳七郎是谁啊？"

"人人都识的词人柳永。难道你们后世没记住他？"

"我没听说过，但可能是因为我对宋词了解得太少了。"

糯米第一次后悔自己对词了解得太少。

"哈哈，那你可要好好读读柳七郎之词，他的词虽是软语添香，但文采斐然，也值得你们多读。"

"我保证！"糯米向苏轼敬了个军礼，逗得苏轼哈哈大笑起来。

第十三章

祸兮福所倚，福兮祸所伏

当月亮从江边遥遥下沉时，糯米和九儿也从苏轼的黄州回到了位于上海市徐汇区的家里。

夜，静悄悄的。

月亮像一把细钩挂在窗外梧桐树梢旁，和刚才赤壁江边的一模一样。

苏轼豪爽、乐天、满怀抱负的模样似乎还在眼前，可眼前已是真真切切的温暖的家，酣睡的爸爸、妈妈和团子……糯米钻进被窝，合上眼睛，忍不住悄悄和九儿耳语。

"九儿，谢谢你。要不是你，我真不知道苏轼是那么厉害的人，既写得了'**十年生死两茫茫**'，又能写'**大江东去，浪淘尽，千古风流人物**'……"

"哦，小主人，你发现二者的不同了吗？"九儿的圆眼睛眯成一条缝，似乎在考糯米。

"'**十年生死两茫茫**'把人与人之间的牵挂和细腻的思

念写到了极致，'**大江东去，浪淘尽，千古风流人物**'却是开阔豪迈到极致！完全不同的两种风格，这要是不了解，准以为是两个不同的人写的呢。"

"没错，糯米，你对诗词的感受力又进了一步。"九儿表扬道，"在苏轼之前，词大多是婉约派，抒发细腻的情感。苏轼是宋词豪放派的奠基人，所以如今一提宋词，人们也许第一个想到的会是苏轼。"

"乌台诗案真把他害惨了！"

"要说我们还真得感谢那些害苏轼的人，没有他们的'帮助'，也许苏轼就不会领悟那么多深刻的人生哲学，中国的文学史也会少了许多光彩夺目的篇章。"

"所以困难和挫折有时也不一定是坏事？"

"没错。老子早就说过，'**祸兮福之所倚，福兮祸之所伏**'。"

"这是什么意思？"

"老子是告诉人们，福与祸并不是绝对的，它们相互依存，可以互相转化。也就是说，坏事也可能引出好的结果，好事也可能引出坏的结果。"

"这么说，以后碰到考不好、学不好的情况，我不应该气恼了？"糯米想了一下，眼睛一亮，"我的确发现生气后悔都没什么用。唐朝宋朝几个大文人都经历过苦难，这是坏事！但这些磨难让他们写下了惊人的杰作，这是好事！"

"当然了，但现在不是你该思考人生哲理的时候，糯米，你该睡觉了。"

第十四章

一个冒险的赌约

糯米从宋朝回来后，不禁想和宋朝的粉丝端木一寒聊聊大宋的事。

"同桌，你知道宋朝的黄州在哪里吗？"

"你问对人了。宋朝黄州是现在的湖北省黄冈市。"端木一寒回答时没有一点犹豫。

"苏东坡的《赤壁赋》写的是那儿吧？"

"你真让我太惊讶了，我还以为你对苏轼的了解只有东坡肉呢。"端木一寒想到糯米在图书馆缠着欧阳爷爷讲故事，不禁笑了。

"哼，我不想吃东坡肉了。"

"为什么？"

"因为苏东坡太伟大了，他的诗词比菜更美味！"

"哈哈哈！"端木一寒说，"你开始发现宋朝的美妙了呀！苏轼确实很厉害，但宋朝的优秀词人多得数不胜数。"

"比如?"

"不然这样,咱俩来个比赛?"

"什么比赛?"这时,利小馨、马哲伦、安然也听到了糯米和端木一寒的对话,不禁好奇地围了过来。

端木一寒站起来,大声宣布:"我宣布:我要挑战飞花令冠军糯米同学——关于宋词。比比看谁了解的词人多,谁了解的宋词多!"

"赢了怎样?输了又怎样?"同学们兴奋起来,七嘴八舌地问。

"你说吧,奖罚你来定,糯米。"端木一寒望着糯米说。

糯米有点为难,宋词她现在仅仅了解苏轼,别的词人一概不知,但是她是不服输的性格,于是也站起来,大声说:"输的人要无条件答应赢的人一个要求!"

"可以帮写作业吗?"

"可以买冰激凌无限畅吃吗?"

"可以把对方当马骑吗?"

同学们兴奋极了,一边起哄一边鼓掌,好像自己参加比赛似的。

"那你俩什么时候比赛?"

"一周后吧。"糯米沉着地回答,默默地想,这七天一定要抓紧时间好好把《宋词三百首》读几遍！

晚饭后，糯米披上一件橙色的运动外套，抱起九儿："妈妈，我出门去遛遛九儿……"

"只听过遛狗，没听过遛猫的。"妈妈一边收拾餐桌一边说。

"九儿整天待在家里很闷的。"

"那好吧，早点回来哦。"

糯米抱起九儿穿过林荫道，钻到一个隐蔽的小巷里。

"嗨，我说糯米，干吗要遛我？"九儿忍不住先开口了，又朝天翻了一个大白眼后说道，"我可不像那些四肢发达、头脑简单的狗，家里沙发不舒服吗？干吗要出来乱跑？快放我回家看电视！"

"我想和你说点悄悄话。"

"就知道有事情，说吧！"

"发生大事啦，九儿你可得帮帮我！"

"哦？"九儿也好奇起来，大眼珠子骨碌碌直转，"小孩能有啥大事？"

"端木一寒要挑战我！"糯米把今天课间端木一寒向自己发起挑战的事完完整整说了一遍。

"嘻嘻嘻，这倒也不是坏事。趁着这次比赛，你可以增加对宋朝和词的了解！"九儿问，"你想让我怎么帮你呢？"

"时间很紧张，只有一周！你可以每天晚上都带我去宋朝吗？我想再认识一些词人，这样才有可能赢端木一寒！"

"这……难度也太大了吧？"九儿摇了摇尾巴，迟疑地说，"你知道我的猫窝要蓄积能量才能支撑起一次时间逆流旅行的。每天穿越一次？不可能不可能！"

"那怎么办？我要输了……"

"我也不想看你输啊！"九儿面露难色。忽然，它眼睛一亮，有了主意，"有招了！"

"快说说看。"

"虽然我的九号猫窝收集的能量没法天天送你去宋朝，但是如果我们舍弃身体这个物质存在，只携带精神，精神是无质量的，从理论上说是可行的！"

"我听迷糊了。"

"就是不带身体，让你的意识去宋朝！"

"这样身体没问题吗？会不会死啊？"糯米有点害怕。

"嘻嘻，不用担心，不会死。我会让历史时间和事件进入你的另一个平行的精神世界，对你来说，就跟做了一场梦一样。"

"就是说，我每晚会做一个和宋朝有关的梦？"

"没错！我对人类历史的精准定位能力已经研发成功，应该没什么问题。你睡觉前心里默念某个人物、画面，或者具体的历史事件也可以。七天能有六晚梦回宋朝，够了吧。"

"天哪，你太棒了！我的猫神！"糯米高兴地把九儿举过头顶转起了圈。

"快放我下来，我头晕！"

第十五章

梦之日记一：纯真皇帝——李煜

来自糯米的梦之日记

10月19日　星期三　晴 ☀

"糯米，如果一个人善诗词、精书法、工绘画、通音律，那他是什么人？"

"那一定是一个大诗人，哦不，是全能大艺术家！"

"如果他是一个皇帝呢？"

"这……"

"皇帝在艺术上全能，可不一定是一件好事。"

"那他是一个好皇帝吗？"

"这是个千古难题，但艺术成就改变不了历史事实，他是一个亡国之君。"

"亡国之君？"

"对，他断送了自己的国家，自己变成了囚徒。"

"天哪，这么惨！"

"但这样的人生经历，也让他洞察人间悲欢离合，成就了词艺术无法超越的高峰。"

"果然是祸兮福所倚！这个人到底是谁？"

"有人称他是痴情皇帝，有人称他是千古词帝，总之他是中国历史上词写得最好的皇帝！"

"哇，我见过很多文人了，还没见过皇帝呢！"

"今晚就带你见见皇帝！"

"那我要准备一下吗？比如，穿上最好的衣服……"

我闭上眼后，似乎听到九儿在我耳边说话，可话还没说完，我就沉沉睡过去了，进入了一个非常奇怪的梦里。

"不好啦不好啦，快逃命！"

一阵呛人的浓烟升起。

我发现自己身处一座豪华的宫殿里，一群穿着锦衣华服的人正四处逃窜，表情慌张。

我抓住一个正拼命往外跑的年轻宫女。

"姐姐，请问现在是宋朝吗？"

"你在胡说什么啊！快逃命吧！"

"发生了什么事？"

"可恶的宋军就要攻进皇宫了，不逃只有死路一条！"

"宋军？这里不是大宋？"

"这里是江南啊，哪里来的小丫头，难道是刺客？"

"我不是刺客。我是在做梦，呃，梦中……"

"管不了你是不是刺客了，快逃吧！被宋军抓到就惨了。"宫女说完就飞快地跑走了。

我又看到，左边着火的宫殿里逃出两个人，一个穿着龙袍的中年男子被一个黑衣侍从搀扶着跌跌撞撞地跑了过来。

他俩经过我身边时，中年男子被地上横七竖八的梁柱绊了一跤，我一把扶住了他，还好，没摔着。他感激地看了我一眼。这时，炙热的火苗像毒蛇芯子一样蹿了过来，他一把拽住我，躲过了四处乱窜的火苗。我们三个人一起没命地向殿外跑去。

好不容易在宫殿外面找到一个安静的角落，我们仨停下脚步。

我这才注意到眼前这个中年男子，大约三四十岁，面相古怪，圆圆的大脸、宽宽的额头，最奇怪的是，他的眼中竟然有两个瞳孔！

他的龙袍，看起来十分精美奢华。

"谢谢你，孩子。"他倒先谢我了。

"您是?"

"李煜。"

这时，侍从突然扑通一声跪在地上，泪流满面："陛下，宋军已经攻占皇宫，此次怕是凶多吉少。"

啊，这个穿龙袍的人是皇帝啊！

"宋军怎么可能渡过长江天险？这怎么可能?"皇帝李煜气得浑身发抖，他看起来还是不相信这是真的。

侍从跪在地上说："奸细樊知古出卖了我们，他指导宋军沿采石矶搭建浮桥，渡过了长江！"

"真的亡国了吗？"李煜怔怔地看着逐渐被熊熊大火吞没的皇宫。

"陛下，趁宋军还没发现我们，我们去和先人辞行吧。"

侍从搀着瑟瑟发抖的皇帝，两人蹒跚前行。

我也不远不近地跟在他们后面。

不久，他们来到了一处高耸的庙宇前，里面供奉着许多牌位，皇帝李煜一进去就跪地不起。

这时，几个宫女冲了进来，跪在他身边，哭喊道："陛下，快跑啊！宫里已经尽是宋军了。"

听了这话，李煜眼里顿时黯淡无光了，他看着这几个宫女，泪水像珠子一样滚落下来。

这时，门口响起喧闹的马蹄声，一队金盔铁甲的士兵冲了进来，不由分说，一把抓住穿龙袍的李煜，还有他身边的侍从和宫女，用粗绳把他们的手捆在一起。

"快投降吧！江南国庄，简直不堪一击！"士兵狂妄地叫嚣着。

"你们快杀了我吧……"这个可怜的皇帝索性眼睛一闭，等待着自己生命的结束。

没想到士兵竟然狂笑道："哈哈，竟然想死！我们大宋皇帝仁慈，命我们保全你的性命，走吧！"

我在一旁看到这一幕，急得不知道该怎么办。

啊，古代的皇帝竟然这么悲惨！

这时，一个士兵向我走来，好像要抓我了！

"不要啊！不要啊！别抓我！"我急得大声喊起来，双手胡乱挥舞着，一下子醒了，猛地坐起身，手里正抓着枕头……

第十六章

千古词帝的纯真

门吱呀一声被轻轻推开，九儿从门缝里探进头来。

"嘻嘻，小主人，见到皇帝了没？"

"九儿，你在吓我吗？我刚才梦里看到一个穿龙袍的人，好像是李煜。他是什么皇帝啊，被抓了，好可怜！"糯米坐在床上发怔，好像还没从刚才的梦中缓过神来。

"耶！你看，我对人类历史的时间定位相当准确！他正是宋词婉约派的开山祖师——千古词帝李煜！"

"可我看到他的样子比普通人还惨呢！"

"他是南唐最后一个皇帝。亡国前几年，为了自保，他都不敢称帝了，而是改称江南国主，但大宋还是没放过他。你刚才梦见的，就是他被宋军抓走的场景，从此他便做了亡国皇帝，也因此写出了许多千古绝唱的诗词！"

"对呀，我亲眼看到他在祖先牌位前跪地哭泣，但士兵不由分说把他抓了。"

"李煜被押送到宋都后，从此便过着囚徒般的生活。后来他在极度感伤的岁月中，写下了一首词，正是你梦里的那一幕。"

"我的梦还有词为证？"

这时，九儿轻轻念道：

破阵子

四十年来家国，三千里地山河。凤阁龙楼连霄汉，玉树琼枝作烟萝，几曾识干戈？

一旦归为臣虏，沈腰潘鬓消磨。最是仓皇辞庙日，教坊犹奏别离歌，垂泪对宫娥。

"对对对，就是这个场景！当时他可真的是'**垂泪对宫娥**'……"

"糯米，你既然目睹了这一幕，不如把你对这首词的理解，先讲给我听听。"

糯米脑中好好回想了这首词，试探着说："'**四十年来家国**'可能是指南唐已经有四十年的历史了，'**三千里地山河**'就是指他的国家幅员辽阔。"

"非常棒！"九儿看着糯米说，这给了糯米一股力量。

"'凤阁龙楼连霄汉，玉树琼枝作烟萝，几曾识干戈？'凤阁龙楼就是刚才我看到的皇宫了，的确非常豪华，可惜都被熊熊大火烧了。宫里树木藤萝茂盛像笼罩着烟雾一样，但它们哪里经历过这可怕的战争呢？

"'一旦归为臣虏，沈腰潘鬓消磨。最是仓皇辞庙日，教坊犹奏别离歌，垂泪对宫娥。'一旦他被抓做俘虏，人就因忧思而憔悴了。'仓皇辞庙日'就是刚才他拜别祖先的时候了。'垂泪对宫娥'，他刚才的的确确面对宫女哭得很伤心呢。"

"南唐历经三代，最后终结在他手中。他悲恸欲绝，这种痛苦，真是普通百姓体会不了的。"九儿说，"他自己知道国力不如宋，自愿做属国，年年上贡，只求少战争，这倒让百姓过了平安的日子。"

"可还是发生战争了呢。"

"是啊。李煜是个天生的艺术家，书法诗词绘画都是一流，用你们人类现在的话说，叫只想玩艺术！他天生异相，你有没有发现他有只眼睛里有两个瞳孔？相传历史上舜和项羽眼珠子里都有两个瞳孔，这是帝王之相。李煜的哥哥猜忌于他，反而早逝，阴差阳错真让李煜当了皇帝。这叫命中注定！"

"艺术家哪里会打仗，怪不得打不过宋。"

"他性格纯真，连自己的大臣们都骗他说宋军过不了长江天险，结果宋军攻进皇宫了，他才知道真相！"

"这么单纯的皇帝！"

"纯真的本性，加上丧国之痛，让他的词艺突飞猛进。亡国后，他创作了真正影响后世的诗词！"

"哦？还有吗？"

"快睡吧！"九儿瞄了一眼糯米床前的闹钟，时针已经指向凌晨2点，"明天再说。"

第二天。

糯米虽然熬了夜，却没觉得困，还很兴奋。自己可是见了真正的皇帝！尽管是在梦里。

糯米吃完早饭，就背起书包上学去了。明园学校离糯米家只有一公里多，糯米几乎每天都是自己上下学。7点10分，还早，糯米本以为自己是第一个到班上的，没想到同桌端木一寒已经端端正正坐在那里早读了。

"早上好，糯米。"端木一寒和糯米打招呼，"你也来这么早。"

"早安，端木一寒同学。你在看什么书？"

"哦，我在读宋词。"端木一寒神秘地笑笑，"我可不想比赛输给你。"

原来他也在暗自努力，难怪这么早来学校，哼。糯米心想。

"让我看看你在读什么宋词？"糯米好奇地伸过脑袋，看到端木一寒手里拿着的是一本《李煜词集》，不禁惊讶地说，"你也在读李煜，他不是南唐的亡国皇帝吗？"

"这都知道，果然是飞花令冠军。"端木一寒笑着说，"看来我不轻敌是对的，哈哈。"

糯米心想，好吧，其实我也是昨晚做梦才知道李煜的。

"你在读哪一首？"糯米只能继续打探。

"我读给你听听。"

端木一寒摇头晃脑地读了起来：

虞美人

春花秋月何时了？往事知多少。小楼昨夜又东风，故国不堪回首月明中。

雕栏玉砌应犹在，只是朱颜改。问君能有几多愁？恰似一江春水向东流。

"这是他亡国之后的作品吧？"糯米想了想又说，"'小楼昨夜又东风，故国不堪回首月明中'，这是他思念自己的国家了。"

"没错。糯米你看，开篇两句就绝美啊。'春花秋月何时了？往事知多少。'他好像在问春天的花秋天的月何时是个尽头呢？过去的事情人们还记得多少！"

"紧接着他说小楼昨晚又刮起了东风，皓月当空的夜晚，忍不住又想起了故国。那这词的下阕你怎么理解呢，端木一寒同桌？"

"精雕细刻的栏杆，玉石砌成的台阶应该都还在吧？只是住在那里的人换了。要问心中有多少愁啊，就像那不尽的春水滚滚向东流去。"

"好可怜啊。他被宋朝皇帝抓走后，苍老了许多吧。把愁比作江水东流，这愁真是汹涌澎湃！而且他写的是春天的江水，春天代表年岁交替，就像他的王朝被替代一样，让人伤感。"

糯米想到李煜跪地哭泣的样子，当皇帝真难啊！她不禁好奇地问道："端木一寒，你那么懂历史，后来李煜怎么样了？"

"李煜啊，在亡国之后当了宋朝的犯人。由于宋太宗赵光义一直对他心存怀疑，总想杀之而后快，恰好李煜又写了这首词，于是赵光义就借机赐他毒酒，毒杀了李煜。"

"啊，结局这么悲惨！"

"他虽然是个失败的皇帝，却是宋词婉约派的开启人！"

"你们在聊什么呢？"梅老师是第三个到达教室的人。

"我们在聊千古词帝李煜！"端木一寒回答。

"哇，你俩好厉害。我可是上了高中才读李煜的。"梅老师非常赞赏地看着糯米和端木一寒，询问，"你们觉得李煜的诗词怎么样？"

"非常美，非常绝望。"

"诗人不该做皇帝。让他安心做个艺术家多好啊。"糯米想到昨晚的梦。

梅老师说："法国作家缪塞说：'最美的诗歌是最绝望的诗歌，有些不朽的篇章是纯粹的眼泪。'显然，李煜的诗词就是这样令人心碎的眼泪。不过现在你俩可以把这本眼泪之书收起来，帮老师收一下昨天的作业。"

这时，同学们开始陆陆续续走进教室，叽叽喳喳一片欢腾。糯米和端木一寒暂时把千古词帝的"绝望之泪"放在了脑后，但糯米心中开始期待下一个梦了。

第十七章

梦之日记二：婉约派词人——柳七郎

来自糯米的梦之日记

10 月 20 日　星期四　晴 ☀

宋词很难，还好有九儿帮忙。

九儿总是有很多奇妙的办法，它让我在睡前想一想某个人物或画面。昨晚睡前关灯的时候，我突然想到了苏轼先生提到的"柳七郎"，说他的词不同于柳七郎的词适合浅斟低唱。柳七郎是谁？他的词在宋朝很流行吗？我很好奇呢。

没想到，我真的梦到了柳七郎，所以我要赶紧记下这个梦，不然很快会忘记。

蒙蒙眬眬中，我来到一潭湖水前，这里的空气十分清新，好像刚刚下过雨，湖边种着一排垂柳，柳枝垂在风中，时而有鸟雀飞行穿越其间，蝉在鸣叫着。对岸是连绵起伏的山峦，有的山淡青，有的山浓绿，

糯米游宋记

真像一幅清新的水墨画。

正当我沉浸在美景中时，忽然听到了嘤嘤的哭声。

我很好奇，循着声音走过去，看见一个大约十八九岁的姐姐，坐在湖边的凉亭里，面朝着湖水哭泣。她梳着高耸的发髻，头发上插着百合花形的簪子，身穿浅青色的罗裙，鹅蛋脸，眉毛弯弯细细的，唇红齿白，像仙女一样。

"神仙小姐姐，您为什么哭？"

"我伤心极了。"女子抬起楚楚可怜的泪眼看了看我，回答道。

"什么事让您这么伤心呢？"

"我那情郎柳三变今日要离我而去了。"

"柳三变是谁？"

"你不知道他？这大宋东京城中谁人不知柳三变？"神仙小姐姐愣了一会儿，轻轻说，"你还小，不知也合情理。"

正说话间，一个面相俊朗的白衣书生走了过来。他走到女子面前，抓起女子的手说："经此一别，不知何年再相见。"

"能不能不走？"

书生没有回答，沉思片刻，目不转睛地望着小姐姐，口中吟道：

雨霖铃

寒蝉凄切，对长亭晚，骤雨初歇。都门帐饮无绪，留恋处，兰舟催发。执手相看泪眼，竟无语凝噎。念去去，千里烟波，暮霭沉沉楚天阔。

多情自古伤离别，更那堪，冷落清秋节！今宵酒醒何处？杨柳岸，晓风残月。此去经年，应是良辰好景虚设。便纵有千种风情，更与何人说？

小姐姐听完，哽咽道："七郎——"

七郎？

他是柳三变，又是柳七郎？

"您是柳七郎？"我忍不住问起来。

书生转头，这才注意到凉亭里还有个我："你是哪儿来的孩子？怎么在这儿？"

"您好，我叫糯米。请问您真的是柳七郎吗？"

"正是在下。"书生礼貌地说。

"我听苏轼先生提起过您呢！"

"苏轼是谁？"

"他也是一位词人。他说您的词更适合浅斟低唱，他的词却不一样，自成一派。"

"适合浅斟低唱怎么了？"书生有点生气，脸涨得通红。

那神仙小姐姐听了我的话不禁扑哧一声破涕为笑，说道："七郎，这个苏轼说得也没错。你看这东京城，哪个歌女不会唱你的词呢？"

神仙小姐姐打趣地念道：

不愿穿绫罗，愿依柳七哥。

不愿君王召，愿得柳七叫。

不愿千黄金，愿中柳七心。

不愿神仙见，愿识柳七面。

"您有这么多名字？我都晕啦！"我听得迷糊。

"我本名柳三变，因排行第七，又称柳七郎。"

"柳三变，您的名字好奇特啊！"

"父亲为我三兄弟取名均夺人耳目，长兄三复，次兄三接，我最年幼，名三变。"

神仙小姐姐听罢对糯米说："他们三兄弟皆才华过人。"

"可我数次科考失利，只能离开这个伤心地……"柳三变摇摇头，眼神黯淡下来。

"唉，你才高八斗，可谁让你写了那句话得罪了官家。"

"哪句？"

"忍把浮名，换了浅斟低唱。"

"这句话的意思是什么呢？"我的好奇心被勾了起来。

"他的意思就是，不在乎功名，只想喝酒唱歌取乐。"

"这也太不上进了吧！"

柳三变恨恨说道："这句不过是我在《鹤冲天·黄金榜上》中的游戏之语，但官家听闻后，竟然在我科考试卷上御笔亲批：'且去浅斟低唱，何要浮名？'"

神仙小姐姐接道："官家此言一出，便剥夺了你梦寐以求的入仕道路！任凭你有满腹才华、通天本领，也难有金榜题名之日了……"说完泪珠又一串串从脸颊滚落。

柳三变长叹一声。

神仙小姐姐又道："七郎不必苦恼了。民间人人都爱唱你写的词，你作的诗词，比那些达官贵人写的可美妙多了。人们都说'凡有井水处，皆能歌柳词'。"

这时湖面上漂来一叶小舟，戴着斗笠的船夫大声喊道："柳先生，时辰已到，上船吧！"

柳三变抓住神仙小姐姐的手说："我走了，你要保重。"

他也向我点头示意告别："还有你，糯米小妹，江湖再会！"随后转身上了船。

这艘乌黑的小船渐行渐远，慢慢看不见了。

我的梦醒了。

第二天清晨，糯米刷牙时明显有些心不在焉。爸爸妈妈在厨房里煎午餐肉和荷包蛋的香气也似乎不那么诱人了。

九儿悄悄地挤到糯米脚下，小声问："怎么样，糯米，你昨晚梦见了什么？"

"啊，我梦见了一个宋朝的神仙小姐姐，和她的男朋友柳三变。还听到他们念了一首很美很伤感的词。"

"大词人柳永。"

"怎么又变成柳永了，他不是叫柳三变、柳七郎吗？"

"他后来给自己改名叫柳永了。他在宋朝是很厉害的人物，给后人留下两百多首词，创用了一百多种词调，可谓前无古人，后无来者！"

“那为什么苏轼有些看不上他呢？”

“那倒也没有，苏轼和他是两种风格。柳永是婉约派，他的词简单流畅、清新隽永，所以深受老百姓喜爱！他还是第一个大量创作慢词的人。在柳永之前，词的体式以小令为主。经柳永大力创作后，慢词与小令在词坛平分秋色。苏轼是豪放派词人，你也亲眼见到了他的作品有多豪迈壮阔。只能说他俩呀，是两种不同的性格，不同的诗词风格！”

“婉约派。名字真好听。我等会儿去学校后，课间要把那首《雨霖铃·寒蝉凄切》多读几遍！”

第十八章

不走寻常路　千古第一才女

放学后，糯米又去了小白楼。

糯米边走边寻思：哎呀，我不应该去小白楼，下午的数学卷子还没订正呢。这次随堂测验最后那道拓展题，班上只有端木一寒、马哲伦两个人做出来了。我当然也是会的，只是不小心算错了一位数。我为什么会这么粗心？我才不想输给他们……瞧瞧这会儿，我为什么要往小白楼走呢？好像宇宙中有一种莫名的力量让我抬起腿，驱使我往小白楼走，去借一本和宋词有关的书呢……呜呜呜，这可不能怪我！

欧阳爷爷还是那么热心，他听说糯米这次数学测验输给了端木一寒和马哲伦后，没有取笑糯米，反而夸糯米不是一个平常的女孩子。他说："了不起的小糯米，我要推荐你去了解一个不走寻常路的女词人。"

"女词人？"

"对，她可称得上是中国文学史上第一才女。"

"欧阳爷爷，我还以为大词人都是男人呢！"

"就像很多人说男生数学比女生好一样，都是一派胡言！这个大才女啊，她写起诗词来，豪放不输苏轼，婉约不让柳永，特立独行，才高胆大。七尺男儿在她面前都要汗颜。"

"真好啊，我也从来都觉得自己不输男生呢。"糯米又高兴又惊讶，原来古代也有女生跟自己想得一模一样。

"来来来，读读这本书吧！"欧阳爷爷笑眯眯地把一本《李清照词选》塞到糯米手里。

糯米散步回家，没有直接进家门，而是来到武康路的花圃边，享受着秋季的桂花香。十月正是上海金桂飘香的季节，估计不久后，妈妈就会做一道上海的时令美食"桂花酒酿"，甜甜糯糯的，是糯米和团子的最爱。

武康路花圃有一片小绿地，草坪柔软，上面还有一架木制秋千。糯米一屁股坐到秋千上，翻开《李清照词选》这本书。

　　映入眼帘的是一幅女子画像，画中的女人削肩柳腰，

眉清目秀，眼神清亮，妥妥的美人儿。

　　原来千古第一才女这么好看呀！

　　糯米随意翻到一页，一首活泼的小令跃入眼帘。

如梦令

　　常记溪亭日暮，沉醉不知归路。兴尽晚回舟，误入藕花深处。争渡，争渡，惊起一滩鸥鹭。

　　咦，好有意思啊！她写的是去溪亭这个地方游玩吗？原来千古第一才女还是个贪玩的女孩呢！

　　"常记溪亭日暮，沉醉不知归路。" 瞧，第一句就说她自己喝醉了，竟然记不得回家的路。糯米读来真有点吃惊，在将近一千年前的宋朝，女孩子不是要守着闺房"大门不出，二门不迈"吗？李清照竟然喝醉了……真是大胆啊！换作糯米可不敢！

　　糯米又想：毕竟我还是小孩呢，要是满十八岁说不定可以试试……哎，别瞎想，继续读诗……

　　"兴尽晚回舟，误入藕花深处。" 她玩得尽兴了，划着小船回家，不小心划到荷花深处了。哇，那该多美，糯米很喜欢荷花，荷花清净亮洁，出淤泥而不染，她最爱的中国风画作里就常出现荷花！

　　"争渡，争渡，惊起一滩鸥鹭。""争渡" 是她奋力划船的意思吧，结果船没有划出去，反而把水鸟都惊得飞出去了。

糯米读着读着，扑哧一声笑了出来，没想到这个千古大才女还真调皮啊，又偷偷喝酒又胡乱划船玩，最后把鸟儿惊着了。写得真是生动，把小船划进荷花丛中，水鸟振翅乱飞的画面写活了！读起来简直就跟看视频一样！

李清照不愧是千古第一才女，在宋朝就能写出短视频一样活灵活现的词！

糯米继续翻书，下一页仍然是一首《如梦令》。

如梦令

昨夜雨疏风骤，浓睡不消残酒。试问卷帘人，却道海棠依旧。知否，知否？应是绿肥红瘦。

咦，虽然词牌一样，但这首和上一首气息完全不同了呢？

"雨疏风骤"大概是风雨交加的一夜，她**"浓浓地"**睡了一觉，却没有醒酒？好一个李清照，又喝酒了呀。

"试问卷帘人，却道海棠依旧。"她醒后第一件事就是询问花园里的海棠花怎么样了，卷帘的侍女说**"依旧"**很好吧。

可是李清照并不认同这个说法，一夜疾风骤雨，娇嫩的海棠花一定凋零得不成样子了，而叶子则因为雨水的滋润，变得茂盛饱满。于是她叹道：**"知否，知否？应是绿肥红瘦。"**

这**"肥"**这**"瘦"**，用得真活灵活现，一胖一瘦，相互映照，太形象啦！用**"绿"**来代替叶，用**"红"**来代替花，红绿两种颜色对比强烈。**"绿肥红瘦"**——这平平常常的四个字，真是生动极了！

"糯米怎么在这里呀，看什么书呢？"妈妈下班了，发现了武康路花圃里读书的糯米，问道。

"哦，'知否，知否？应是绿肥红瘦'……"糯米还沉浸在李清照这精巧的词中，她从秋千上站起身，不禁转头寻找花圃里有没有**"绿肥红瘦"**的植物……

"咦，你什么时候看了这部电视剧？^①妈妈惊讶地问。

"妈妈，我在读诗词呢！"糯米有点不高兴，妈妈怎么只知道追剧。

"原来如此，你在读李清照啊！"妈妈反应过来，"她可是了不起的大词人。她的词风既有女子的婉约清丽，又有男儿的豪迈气概。"

"嗯！图书馆的欧阳老师说她是个不输男儿的大

---

① 《知否知否应是绿肥红瘦》2018 年首播的一部电视剧，以李清照的词为剧名。

才女！"

"那当然。她不仅才华横溢，还极富批判精神！"妈妈笑着介绍道。

"啊？那她批判谁了？"糯米睁大眼睛。

"李清照呀，写了一篇《词论》……五百余字的文章，洋洋洒洒，把唐五代至北宋的文学大咖都点评了一遍。连祖师爷欧阳修、师爷苏轼、师叔秦观都没放过。"

"李清照小姐姐真不愧是千古第一才女，真敢说！个性十足！"

"是啊，就词论词，她说'**词别是一家**'，与诗不同。她说欧阳修、苏轼、晏殊'**学际天人**'，满腹经纶，填词造句对他们来说很简单，但他们的词往往不合音律；说柳永，'**词语尘下**'太俗气；说秦观的词，像贫穷的美女，缺乏与生俱来的富贵气；又说王安石文章写得气势磅礴，但作词，则把人笑死。"

"事实真的是这样吗？"

"好或坏，是或非，我们不能下定论。更不能说李清照狂妄，文学评论说到底，都是表达个人观点。主要是古往今来，敢这么点评的人，除了李清照怕是再也找不出第二个！"

"还有个问题，为什么说欧阳修、苏轼、秦观是她的祖师爷、师爷、师叔？"

"李清照的父亲李格非和秦观都是苏轼的学生；欧阳修是苏轼当年科举考试的主考官，与苏轼亦师亦友。如果把李格非算作李清照的家庭教师的话，那么欧阳修、苏轼、秦观也就是李清照的祖师爷、师爷和师叔了。"

第十九章

梦之日记三：她比黄花瘦——李清照

来自糯米的梦之日记

10 月 21 日　星期五　多云 ☁

今天数学随堂测验，我考得比马哲伦、端木一寒差，很沮丧……但是欧阳爷爷和妈妈都向我推荐了千古第一才女李清照。傍晚，我读了两首她写的《如梦令》，感觉真是灵动活泼。后来就做了一个奇异的梦，让我改变了对她的看法，所以，我一定要记下来！

我和平时差不多时间钻进被窝，妈妈进来关灯时，我瞥了眼闹钟：9 点 32 分。

翻来覆去睡不着，脑中总想着，李清照是怎么成为人人称道的才女的？她竟然还敢批评苏轼、柳永这样的大词人。

想着想着，我忽然看到一片散发着金色光芒的银杏树林。

我小心翼翼地走进树林，脚下是一条铺满银杏树叶的黄金小道，踩上去沙沙作响。走到尽头，没想到眼前忽然一片开阔——我竟然来到一个热闹的集市，人们穿着宋朝的服饰。肯定是九儿的九号猫窝又带我来宋朝了！

奇怪的是，好多男人头上插着花，女人却不戴花，她们腰间佩戴着迷你的刺绣小布包。街边商铺也挂着这种五颜六色的小锦囊，店家纷纷叫卖着："客官快来买啊，刚采的新鲜茱萸哟！"

我走到一个铺子边，指着这种小锦囊，问店家："请问这是什么呀？"

"你这奇怪的丫头，这都不知道？"店家不可思议地看着我，说，"里面放着茱萸的果实，此乃茱萸囊啊。"

"请问是唐代诗人王维诗中'**遍插茱萸少一人**'的茱萸吗？"

"哟，小姑娘还知道王维的诗。当然就是那个茱萸！今儿是重阳节，茱萸已结果。瞧这刚摘下的果实，多么紧实好看。"店家拿出一串新鲜的红茱萸，得意地说。

原来今天是重阳节，我记得重阳节是农历九月初九。每年这时，爸爸妈妈都会带我和团子去普陀区的苏州河上看龙舟比赛呢。

"为什么你们这儿的男人戴花，女人却只腰戴这个布袋子，哦不，戴茱萸囊呢？"

"哈哈哈，我们男人头上插花可不是臭美。"店家骄傲地一甩头，原来他另一边发髻上插了一朵菊花，他笑嘻嘻地说，"你没听过苏东坡大人写的诗吗？**'二八佳人细马驮，十千美酒渭城歌。帘前柳絮惊春晚，头上花枝奈老何。'**

"他老人家都戴花呢。近年来朝廷也赐花给大臣佩戴，这是荣誉和吉祥的象征！民间自然人人也爱戴，讨个吉利嘛。"

原来是这样，重阳节里，宋朝人的时尚这么特立独行：男的戴花，女的不戴！

"看你这丫头，什么新鲜事都不知道。"店家虽然嘴上批评我，手里却端来一盘白色糕点，方方正正的，每一块都点缀着赤红色的豆沙，很热情地让我吃，"来尝尝我们店里的重阳糕吧。好吃的话叫你家大人来买！"

我不客气地拿起一块，咬了一大口，又甜又糯，真是好吃极啦！

我没客气，又拿起一块香甜的重阳糕，告别了店家，边吃边逛起这个热闹的集市来。原来宋朝人这么重视重阳节，男女老少人人脸上都带着笑容，跟过年一样。

街的尽头有一个大宅子，我走到跟前，听闻宅子里传来一声女子的叹气。那声音很轻，却一下飘到我的耳朵里。我不禁好奇起来。

这宅子的门未关，我伸头探望，只见院子里种着芭蕉树和菊花，一个纤细的、面露愁容的女子正款款走来，她细眉大眼，面容清秀美丽。一抬眼，我和她四目相对！

怎么跟我借的《李清照词选》扉页上的李清照小姐姐画像长得那么像！

她招手示意我进门。

"你是何人？"她疑惑地看着我。

"我叫糯米！您是不是李清照小姐姐？我是您的粉丝！"

"正是在下。你不是叫糯米吗，怎么又称粉丝？"她本来一脸愁容，听见我说话，竟然眉头展开，微笑了起来，"你的名字怎么都是吃的？"

"不是那个粉丝，粉丝的意思就是我喜欢您！喜欢您这个人！喜欢您写的诗词！"我不禁脱口而出，也顾不得害羞。

"哦？"她半信半疑，"喜欢我的什么词？"

"'**争渡，争渡，惊起一滩鸥鹭**。'好厉害，您会写动态的诗词！"看到偶像，我激动地说，"'**知否，知否？应是绿肥红瘦**。'您把颜色对比写得妙极啦！"

她听完我的话，不禁莞尔一笑，接着又咳了起来。

"清照姐姐，您怎么啦？生病了吗？"

"近日小恙，已经服过药了，无碍。你这孩子，倒是给我这病中苦日子带来几分喜悦。"李清照说完，便邀请我进屋。

这间屋子布置得简单而有韵味，书桌的砚台下压着的一张纸，似乎有龙飞凤舞的字迹。我不禁走近看了看，原来上面写着：

醉花阴

薄雾浓云愁永昼，瑞脑销金兽。佳节又重阳，玉枕纱厨，半夜凉初透。

东篱把酒黄昏后，有暗香盈袖。莫道不销魂，帘卷西风，人比黄花瘦。

"咦，虽然我看不懂，但是最后三句我好喜欢！"我说出自己的想法，转眼看到她瘦削的脸庞、弱不禁风的身子，脱口而出，"特别是结尾'**人比黄花瘦**'这句，您把人比作黄花，又有形态，又有色彩，这比喻真棒，一读就仿佛看到姐姐这娇弱的样子呢！"

"见笑了，"李清照微笑着说，"胡乱所作罢了，你理解得倒是有趣，孩子。"

我继续端详着那首词，忽然感叹："清照姐姐，您把词语用得可真美。比如，'**薄雾浓云**'这一薄一浓，和'**绿肥红瘦**'一绿一红有异曲同工之妙！"

"你不是不懂？怎又懂了……"她俏皮地捂嘴笑了起来。

"我不懂……瑞脑消金兽是什么呀？"

她指了指屋内一角的金兽香炉，正袅袅升着香气。"'**瑞脑**'是我这香的名称，又称龙脑。是不是香味奇特，沁人心脾？"

我闭上眼，用力嗅嗅这瑞脑香从金兽炉中缭绕升起的香气，果然很清香呢。我环视着屋子，白色纱帐被风吹得飘动，怪不得称**"玉枕纱厨"**呢。

"东篱把酒黄昏后，有暗香盈袖。"看到这句，我不禁问李清照："姐姐，您是不是很爱喝酒啊？"

"正是，酒可消愁。"她满脸惆怅地念道，**"莫道不销魂。帘卷西风，人比黄花瘦。"**

"这几句好妙啊。要是我写肯定是风卷帘子，您却写成帘卷西风。真是巧思呀。清照姐姐，您为什么这么苦恼呢？我读您的《如梦令》时，还以为您很快乐呢！"

"唉，《如梦令》是我少女时所作，那时自在逍遥。如今我嫁入赵家，夫君赵明诚婚后不久便负笈远游，我与他聚少离多。**'每逢佳节倍思亲'**，这重阳节，菊花满院，我却只能独酌赏花，喃喃自语……"

"原来如此，他今天也一定挂念着您。您这首词写得这么好，为何不寄给他一起欣赏呢？"我建议道，想到爸爸妈妈说起他们年轻时也经常写信给彼此呢。

"你这孩子真是聪慧过人。"她眼睛一亮，伸手摸着我的头说道。

这一摸，我忽然醒了。

也不知道李清照把那首绝妙好词寄给她的丈夫赵

明诚没有呢？

第二天，小白楼。

"欧阳爷爷，你知道李清照的《醉花阴·薄雾浓云愁永昼》那首词吗？"

"帘卷西风，人比黄花瘦。" 欧阳爷爷抚须念起来，"我当然知道，这首词可谓李清照的代表作之一！"

"李清照的丈夫赵明诚知道这首词吗？"

"哈哈，小丫头，这么八卦！"欧阳爷爷大笑起来，讲起了故事，"李清照写完这首词，就寄给了丈夫赵明诚！"

"哇，李清照小姐姐果然采纳了我的建议！"糯米高兴得几乎要跳起来。

"你说什么？糯米，谁采纳了你的建议？"欧阳爷爷疑惑地问道，他恐怕没听清楚糯米在说什么。

"哦，没什么！请您继续说下去吧。"

"她的丈夫赵明诚也是大才子。他收到妻子寄来的新作后，激动得直拍大腿，叹道：'写得好！写得妙！要是我写的该多好。'为了证明自己的才华不输妻子，赵明诚狠下心，硬是把自己关在屋里写了三天三夜，写出了几十首词。他把李清照的词夹在其中，拿给好友陆德夫点评。这位好友眼光犀利，认真地看完这些大作后，不紧不慢地说：'只有三句不错。'‘哪三句？’**'莫道不销魂，帘卷西风，人比黄花瘦。'**赵明诚从此服气：词还是老婆大人的好。”

“哈哈哈，真逗！”糯米也忍不住拍手大笑起来。

“糯米，你应该知道李清照最豪气的诗是哪首。”

“哪一首？”

夏日绝句

生当作人杰，

死亦为鬼雄。

至今思项羽，

不肯过江东。

“这诗什么意思？”

“她是说一个人活着的时候应当要做人中豪杰，死了也应是鬼中的英雄。人们如今还思念项羽这个盖世英雄，只因他兵败后不肯偷生，宁死不回江东。”

“这首诗也是写给她丈夫赵明诚的吗？”

“公元1127年，金军南下，靖康之变发生，北宋崩溃，南宋开始。宋朝从皇帝到官员一路南逃。1129年，赵明诚时任江宁知府，在事前得知御林统治官即将叛乱的情况下，醉心金石的赵明诚却抛下全城百姓逃跑了。这件事成为赵明诚难以洗刷的污点。"

"李清照写这首诗是对丈夫的所作所为生气了吗？"

"很难想象李清照当时的心情，面对懦弱逃命的朝廷官员，她气愤讥讽，但这一次是自己的丈夫，她的依靠，他想必已经很自责，李清照还能说什么。"

"她的心情肯定很矛盾。"糯米想到自己梦里见到的李清照姐姐和丈夫感情的确很好。

"那个时代，李清照这种坚强豁达、叛逆勇敢的女性，真令堂堂须眉含羞折腰啊。"欧阳爷爷感叹道。

想到弱不禁风的李清照竟然有如此强大的精神力量，糯米点点头，陷入了沉思：原来女子也可以顶天立地，可以有壮志豪情！

第二十章

书城里的辩论

今天是周末，糯米一睁眼已经早晨九点多了。妈妈没有叫醒她，团子也神奇地没有像往常一样满屋子跑跑跳跳，最奇怪的是昨晚她没做梦。

糯米急忙起床，想找九儿问清楚，刚走进客厅，就发现餐桌上摆好了一份早餐：两片吐司、一个水煮蛋、一根煎得香喷喷的牛肉香肠、一杯牛奶，还有一张纸条：

糯米，妈妈去团子幼儿园开家长会了，爸爸去公司加班了。上午的时间你自己安排。妈妈和团子中午回来。

妈妈

爸爸妈妈还真放心，可见糯米在家人眼里是个独立自主的小姑娘。

她现在可没心情吃早餐。

"九儿，九儿！"

"我在这儿呢。"九儿慢悠悠地从厨房走出来，一边走一边打哈欠。家里只有糯米，它也可以放心大胆地说话了。

"九儿，我昨晚是不是没有做梦？早上起来，我脑子一片空白。"

"是的。昨晚我不小心把水洒进了猫窝，里面的时间芯片遇水出现了故障，我修了一晚上才修好。"

"那你真是辛苦了。可……说好了七天六个梦，现在少了一天怎么办？"糯米有些为难。

"今天趁你午休时，给你加一个'白日梦'行了吧？"

"好。"得到了满意的答复后，糯米才坐在餐桌旁，安心地吃起早餐。

"糯米真懒啊，都快中午了才吃早餐。"九儿摇着尾巴在餐桌下转来转去。

"九儿九儿，你知道吗？李清照听了我的建议，把写的词寄给丈夫了。她丈夫不服气，却怎么也写不出像她那么好的词。简直太有趣啦。"

"咳咳，我知道李清照很厉害！"

"可惜在宋朝，女子不能参加科举考试，否则李清照肯定是个状元！"

"你现在是不是很庆幸自己生活在现代，糯米？"

"当然啦！"

"李清照能当状元，可不一定能赢端木一寒。"九儿话锋一转，说道，"我感觉这个小伙子不简单哦！"

"为什么这么说，你发现什么了，九儿？"

"我也说不上来，听你的描述，就是觉得他异于普通孩子。"

"他对唐诗宋词好像特别了解。"糯米回忆端木一寒在语文课堂上的表现，"每次讲古诗词，梅老师刚说上半句，他就能接下半句，熟悉得不得了！也难怪，他是北京市青少年诗词大赛第一名啊！"

丁零零。

电话突然响了，吓了糯米和九儿一跳。

糯米拿起电话："早上好，我是糯米。请问找谁？"

"我是利小馨呀，糯米糯米，告诉你一个消息！"利小馨的语速有点快，好像有什么火烧火燎的事情。

"什么事啊？"

"我在衡山路上的新华书城，看见了我们班的端木一寒，你猜他在干啥？"

"新华书城啊，看书？买书？还能干啥……"

"他竟然在给一群人讲课，内容好像是宋词。那些听众都是大人！你快来听听！"

"马上来！"

衡山路，新华书城的门口放着很多花篮和彩带，可能又有新书发布了。人群熙熙攘攘，上海这座城市啊，不论男女老少，有闲余时间都爱逛逛书店喝杯咖啡。

糯米走进去，看到大堂里摆着一个大牌子，上面写着：

欢迎莅临《辛弃疾词集》新书发布会

二楼　竹舞厅

糯米正要往二楼走，只见利小馨从旋转楼梯上急匆匆地跑下来，一把抓住糯米，说："快上来快上来，端木一寒太厉害了，糯米你不是要跟他比宋词吗？天哪，我感觉你可能比不过他！"

"喂，你还是不是我的好闺密？"糯米有点哭笑不得，跟着利小馨跑上楼。

竹舞厅里坐满了听众，全是齐刷刷的大人，甚至很多

是四五十岁的叔叔阿姨，他们每人手捧一本新书，兴致勃勃地听着台上的人演讲。

讲台上真的是端木一寒！只见他头戴幞头，穿了一件白色圆领袍，腰系革带，脚蹬一双黑色麻布靴子，一副宋朝人的打扮，简直就是许寒再现！

"他太厉害了！"利小馨双手合掌放在胸前，盯着台上的端木一寒。

糯米不禁翻了个白眼，拉着利小馨在后排找了两个座位坐下来。

"王国维曾在《宋元戏曲考》中说：'凡一代有一代之文学，楚之骚，汉之赋，六朝之骈语，唐之诗，宋之词，元之曲，皆所谓一代之文学，而后世莫能继焉者也。'端木一寒落落大方地在台上说。

糯米都快听不懂了，九儿说得没错，他的确不简单！

"宋词文如兵戈，笔扫千金！可谓铿锵有力，豪放至极！"端木一寒在台上侃侃而谈。

这句糯米听懂了，她还沉浸在李清照的梦中呢。宋词之美明明是半世烟云，半世落花嘛！忍不住插嘴反驳："宋词怎么是豪放至极了？明明是婉约柔情至极！"

这句话引得前面观众席上的叔叔阿姨不禁回头朝糯米

看过来。

端木一寒发现原来是同班同学糯米，旁边还有利小馨，他不禁嘴角上扬，微笑起来。

"原来是糯米同学，你有什么不同意见请讲。"

"好吧，叫我讲，我就讲。"糯米站起来说，"宋词的特点是潇洒灵动婉约，比如著名词人李清照写的**'帘卷西风，人比黄花瘦'**，还有柳永写的**'寒蝉凄切，对长亭晚'**……可算是写尽了人世间的柔婉之情！"

"讲得太好了，糯米。"端木一寒反问道，"你读过辛弃疾吗？"

"辛弃疾？没有。"

"这孩子连辛弃疾都不知道，跑过来说啥呢，不是捣乱嘛！"叔叔阿姨交头接耳讨论起来，"我们这里可是辛弃疾的诗词分享会，我们都是豪放派的爱好者。"

糯米有点急了："什么是豪放派啊？"

利小馨偷偷对糯米耳语："豪放派是宋词的一个风格流派，与婉约派同为宋词两大流派。我刚听端木一寒说的。"

糯米想起来了，哦对，苏轼先生就是豪放派兼婉约派呢！

端木一寒在台上仿佛听了她俩的谈话，说道："糯米说得也没错。宋词婉约派清丽雅致，豪放派气象恢宏。像柳永、秦观、李清照之作多是婉约之作，苏轼、辛弃疾之作多是豪放之作。但苏辛两人又大大不同，苏轼在豪放中尽显旷达乐观，辛弃疾在豪放中多是慷慨壮烈！"

"说得好！"台下的叔叔阿姨竟然鼓起掌来。

"哼，我们走。"糯米拉着利小馨离开了竹舞厅。

从新华书城走出来，糯米和利小馨一人买了一支冰激凌，边吃边聊。

"小馨，他们为什么要请端木一寒讲宋词呢？"

"他是北京市青少年诗词大赛第一名，应该挺出名的吧！"利小馨忽然叫了起来，"拿错了，我点的是巧克力口味的冰激凌，怎么是香草的？"

"正好我也点了巧克力，还没吃，我俩换吧！"糯米让利小馨吃到了喜欢的口味。她心中暗暗想，遇到高手了，一定要好好补补宋词豪放派这堂课！

第二十一章

梦之日记四：醉里挑灯看剑——辛弃疾

来自糯米的梦之日记

10月22日　星期六　晴☀

上午我和利小馨去了新华书城的《辛弃疾词集》新书发布会，端木一寒竟然在给大人们讲豪放派宋词。中午午休时我就梦到了豪放派大词人辛弃疾，一个和我前几次去时完全不一样的宋朝……完全不一样的词人。

原来辛弃疾是这样一个人。

梦中我蒙蒙眬眬又来了宋朝。我发现自己正躲在一棵大槐树下，不远处是扎着帐篷的军营。百米开外尘土飞扬，战马飞驰，霹雳般的弓弦声轰轰作响，似乎正在进行一场决斗。

一匹大白马奔驰而来，有个穿着铁盔甲的士兵从马背上跳下来，恰好把马拴在我藏身的大槐树下。他在帐篷外单膝跪下，口中大喊着："报——"

这时，帐篷里走出一个身材高大魁梧的年轻男子，他腰佩长剑，目光坚毅，跟我之前梦中所见到的宋朝词人完全不一样。

我躲在树后，也听不清从马上跳下来的士兵和他交谈什么。只见他很快也跳上马，冲进前方的战场。不知道过了多久，靠近大槐树的阵营似乎赢了，我听到士兵们唱起了歌，欢声雷动。

那个将领一样的男子在众人簇拥下回来，可能因为打了大胜仗，他脸上洋溢着快乐的笑容。他身边一个士兵说话了："辛大人，您这一仗可把金人打得落花流水！"

"哈哈哈！"他爽朗地仰头大笑起来，声音铿锵有力，"也叫这些贼人尝尝溃不成军的滋味！"

辛大人？难道是辛弃疾？"啊！"我突然想到这人莫不是端木一寒谈到的辛弃疾，不禁惊叫一声。

"谁？"他大喝一声，指着槐树的方向说，"来人，抓奸细！"

两个士兵迅速跑到树后，把我抓住。

"报告辛大人，是一个小女孩。"

我被士兵捆住手腕，推到辛弃疾面前。他仔细端详了我一番，炯炯有神的大眼一瞪，问道："你是何人？看这身装扮似乎也不像金人。"

"我……"我吓得说不出来话，要是说起我的故事，一时半会儿可解释不清。怎么办呢？

我只能问道："请问您是辛弃疾大人吗？"

"辛大人，别跟她废话。这丫头看起来古怪，不像宋人。不如杀了以绝后患。"一个士兵建议道。

"不要啊！不要杀我，呜呜呜，我要爸爸、妈妈、团子！九儿！九儿呢，快来救我！"

我大声哭喊起来。感觉那个要杀我的士兵向我走来，紧要关头，梦里的情景忽然变得一团模糊。

我好像又进入了另一个地方。

皎洁的月光照耀着高低错落的房屋，旁边是一片黑黢黢的菜田。我走到最近的一间屋子跟前，见上面挂着一块匾，匾上龙飞凤舞题着俩大字"稼轩"。

屋门虚掩着，我从门缝朝里面看，一个身形健壮的男子正坐在书桌前奋笔疾书！他一抬脸，浓眉大眼，怒目圆睁，竟然是刚刚要在军营里杀我的那个首领！只是他头发花白，似乎衰老了不少。

也许是军人的直觉，他一下就发现了我。只见他停下笔，走到门口，打开门。

"哪儿来的孩子？这三更半夜，怎么来我这带湖山庄了？"

"我、我是在做梦……请问您是辛弃疾大人吗？"我胆战心惊地问，生怕他又把我抓起来。

"这问句似曾相识……"他似乎记起我曾问过这句，回道，"在下正是辛某。想起来了，你长得像二十多年前我在军营时遇到的一个古怪孩子。"

"二十多年前？古怪孩子？"

"对，那时我们刚和金兵厮杀完毕，军营里就出现了一个古怪的孩子。我们抓住她正询问时，她竟然在我们面前消失了！"他盯着我，"老夫记起来了！瞧你这装束，你这脸，和那孩子一模一样！难道你是她的女儿？"

"不是不是，那就是我。"我自己也很惊讶，原来这一转眼，我度过了宋朝的二十多年！九儿的新技术真厉害！让我在梦里"死里逃生"！

"莫骗老夫，老夫胡子都白了，不好骗。"他一脸不可置信。

于是我完完整整把自己的故事说了一遍。最后我说："我们现代人，有个城市叫上海，正在办您的诗词新书发布会，我对豪放派诗词很感兴趣，时间芯片提取了我的心愿，特意安排我来看您啦！"

"豪放派？你们后人把诗词做这分类做甚？来看看老夫的新作。"

我走近他的书桌一看，纸上写着一首词：

破阵子·为陈同甫赋壮词以寄之

醉里挑灯看剑，梦回吹角连营。八百里分麾下炙，五十弦翻塞外声，沙场秋点兵。

马作的卢飞快，弓如霹雳弦惊。了却君王天下事，赢得生前身后名。可怜白发生！

"这词写给陈同甫？他是谁啊？"

"老夫挚友。"

我仔细端详这首词，感觉一股宏大气势从词句间扑面而来。刚才看到的战场轰轰烈烈的激战情景仿佛在这首词里活了起来。

"辛伯伯，这句'**醉里挑灯看剑，梦回吹角连营**'，虽然时隔二十多年，但如今您喝酒后还会看剑，想念军营吗？"

"那是自然。金人侵我，我大宋却迟迟不肯北伐。老夫恨不得立刻跨马回军营，收复我大宋河山。"

"'八百里分麾下炙，五十弦翻塞外声，沙场秋点兵。'这几句我读不懂呢！"

"哈哈哈，想当年军营里号角连连，将士们分食烤肉，军乐雄壮激荡人心。秋高马肥的季节正是阅兵热闹欢腾的时候！"

"'马作的卢飞快，弓如霹雳弦惊。'您是说马跑得特别快，弓箭像霹雳惊雷一样吗？"

"你们后世的孩子果然聪慧。'的卢'乃战马之名，相传三国刘备也骑过一匹！他骑的卢从襄阳城西的檀溪水中一跃三丈，方得脱离险境。"

"了却君王天下事，赢得生前身后名。可怜白发生！"我读着这首词的最后几句，虽然不太明白，但望着辛弃疾鬓边的白发，不由心里莫名感动。

"老夫一心只愿为大宋完成收复国土统一天下的大业，取得世代相传的功名。唉，如今可怜老夫已经成为白发人……"辛弃疾摇摇头，眼神落寞。

"您这些年经历了什么？二十多年前您可是战场上的大英雄！"

"大宋与金这些年兵荒马乱，朝廷被主和派把持，竟然愿与金人讲和，老夫这个主战派被罢免，只能回到这带湖山庄种地。"

"他们不让您上战场了？"

"我曾作十篇文章即《美芹十论》论述如何打败金人强兵复国，却无人理会……"

"您是在战场上冲锋陷阵的大英雄，有过打胜仗的经验，他们竟然不理睬您！"

"也罢也罢。这些年辗转地方为官，更见民间黑暗，我把官粮发给饥饿百姓，反得罪了权贵。如今我回江西上饶建了这带湖山庄，平日里种种地，倒也清净。"

"不用生气，辛大人。"我说，"我现在体会到什么叫豪放派啦。读您这首词，我是真真切切体会到了壮志豪情、惊心动魄！"

"不过是'**醉里**'与'**梦回**'。"辛弃疾叹了口气。看来理想和现实的反差，让满心报国的他很是苦闷。

"辛大人，不瞒您说，我也很愁呢。"

"哦？你愁什么？"

"我愁考试成绩不理想，还愁宋词比赛会输给同桌端木一寒！"

"哈哈哈，你这叫——"辛弃疾大笑起来，念道，

丑奴儿·书博山道中壁

少年不识愁滋味，爱上层楼。爱上层楼，为赋新词强说愁。

而今识尽愁滋味，欲说还休。欲说还休，却道"天凉好个秋"！

咦，**"少年不识愁滋味"**？他是在评价我的愁吗？还没来得及和辛弃疾好好探讨，我就突然醒了！

"小懒虫糯米醒醒啦！"妈妈的声音传来。

"姐姐姐姐快醒醒，陪我玩啦！"糯米一睁眼，就看到团子胖乎乎的脸。团子笑嘻嘻地说，"姐姐你做什么梦啦，睡觉时眉头还皱得紧紧的呢！"

"我梦到被士兵抓起来，差点被杀！"糯米朝团子做了个鬼脸，故意吓唬他。

"不要不要！我不要姐姐被杀掉……"团子小脸一皱，眼泪马上就要掉下来。

"怎么会做这么可怕的梦啊？"妈妈听到了姐弟俩的对话，走了进来。

"并不可怕，妈妈。那是辛弃疾和金人对战的战场，他们误以为我是坏人，但是辛弃疾伯伯特别好，他豪迈又亲切！"

"辛弃疾？你还梦见他了？糯米你懂得越来越多了。"

"妈妈，我是'少年不识愁滋味''为赋新词强说愁'吗？"糯米想到这场梦的结尾，辛弃疾念的词，不禁想问问妈妈。

妈妈扑哧一声笑了，说："谁说我们糯米不识愁滋味，我们糯米领悟力高着呢。只是你现在年纪还小，你的愁是简单的愁，而辛弃疾经历了多年的战乱，见到百姓颠沛流离的痛苦，他的愁是家国之愁，所以相比来说，小学生的愁是要淡一点啦！"

"那真正愁的人是怎么做的？'欲说还休，却道"天凉好个秋"'吗？"

"没错，因为愁思太多太重，反而不好轻易说出来，只能随意谈谈天气这等闲事。十月底啦，'天凉好个秋'，可不是睡懒觉的理由！"

第二十二章

梦之日记五：怒发冲冠——岳飞

"九儿，梦中是你救了我吗？"

"我在九号猫窝时间镜像中看到你被士兵抓了起来，要不是我及时切换时间和地理坐标，你就要被杀啦！"

"就知道一定是你，科技真伟大！"

"嘻，谁让你是个小麻烦精呢。"九儿说，"现在你对豪放派了解了吗？"

"原来宋词不光有优雅的，还有英武勇士型！我有点了解辛弃疾了。他一心报国，是个武将军。我亲眼看见了两军交战的战场，也亲眼看见了他创作的诗词，写得豪情万丈，仿佛把厮杀残酷的战场都写活了！"

"很多现代人误解宋词就是宋朝的歌词，总是风花雪月。实际上宋词有气势恢宏、豪情壮志的一面，中国的古人那是相当大气的！"

"嗯嗯，我差点也误解了。"

"对了，宋词豪放派还有一个大家，岳飞，糯米你知道他吗？"

"岳飞这名字我听过，但是不了解。"

"尽忠报国的故事呢？"

"想起来了，我听过这故事，岳飞的妈妈在他背上刻下了'尽忠报国'四个字。这到底是怎么一回事呢？"

"别急，今晚你去和岳飞见见面吧。"

来自糯米的梦之日记

10 月 23 日　星期日　小雨淅沥 🌧

昨晚我一合眼，就好像长出翅膀飞去了宋朝。那个地方很熟悉，因为那里我去过，江西省的庐山！而我万万没想到的是，竟然在庐山遇到了大英雄岳飞！

我飞呀飞呀，落在一片山林中，透过茂密的树林，看见一处古老的寺庙。我走近一看，寺门匾上写着："东林寺。"

东林寺？我来过的呀！有一年暑假，爸爸妈妈带着我和团子坐高铁从上海到江西省九江市爬庐山。当时也路过了这个东林寺，要不是在梦里的寺庙和旅行时看到的不一样，我还真以为这不是宋朝呢。妈妈说，东林寺是佛教莲宗的发源地，历史悠久。我在九儿的帮助下竟然看到了八百多年前的东林寺！

一个正在扫地的僧人看见了我。

"小施主，有何事？"

"请问这里是庐山的东林寺吗？"

"正是。"

"哇，太神奇啦！"我当然不能告诉他，我来过八百多年后的这里。

"小施主，若无要事，请尽快离开吧。"僧人说。

"为什么让我走？我才刚来呢！"

"近日岳飞大人来访，其间，鄙寺恕不接待访客。"

"哇，岳飞！他在哪里？"

"岳大人登山去了。无事请勿惊扰他。"僧人叹了一口气，心事重重地说。

"岳飞大人出了什么事吗？"

"你不知道吗？如今满城风雨。靖康之变后，国土接连失守。幸有岳大人带领军队一路英勇北伐，平定游寇，收复襄阳六郡，大快民心。可如今岳母病逝，朝廷却不顾岳大人为母守丧的心愿，不停催促岳大人回朝，唉。"

"靖康之变，我听说过，您能详细讲讲吗？"

"你这个小孩子，什么都不知道。"僧人耐心地解释道，"自从金人南下攻取了我大宋燕京，金兵首领完颜宗翰随即率兵攻打汴京城，逼我大宋议和方才撤军，金人要求五百万两黄金及五千万两银币……"

僧人还没说完，一个铿锵有力的声音传来："何止！金人贼子还要求我大宋割让中山、河间、太原三镇。二圣被掳，皇族、后宫妃嫔、朝臣等三千余人被迫北上金国，东京城中公私积蓄被洗劫一空，靖康之变为我大宋之耻。"

我抬头一看，一个魁梧健壮、方脸大眼的中年男子，正从树林小路走过来。

僧人恭敬地说："岳大人，您回来了。"

"您是岳飞大词人？"

"这个称呼倒是少见。"岳飞虽面相威武，但声音温和，他问我，"你这孩子怎一人登庐山？"

"我、我、别管我了……靖康之变之后呢？大宋怎么样了？"我有点为大宋的情景着急了。

"二圣被金人掳走后，康王赵构在应天府（河南商丘）即位。"僧人率先回答，"他重用投降派，避战求和。岳大人上书数千言，请求北伐收复中原，却只收到八个字：'小臣越职，非所宜言。'随后被革除军职、军籍，逐出军营。"

"我这些遭遇，跟宗忠简比又算得了什么？他老人家一心为国，临终前仍然高呼：'过河！过河！过河！'"他攥紧拳头说，"可惜，天不遂人愿，宗忠简走后不久，他驻守的开封也失陷了。"

"宗忠简又是谁？也是抗金将士吗？"我惊讶地问。

"宗忠简是我敬重的前辈，'忠简'是他的谥号，他的本名叫宗泽。靖康元年，金人南侵时，年逾花甲的他临危受命，在磁州击退来犯的金军，声震河朔。危难之际，他多次挫败金人进攻，使开封成为抗金前线最坚强的堡垒。他一直谋划收复失地，但始终得不到皇帝的支持，最终忧愤成疾。"岳飞缓缓吐出这些话时，眼眶红了。

"岳大人，别提往事了……"僧人也抬起衣袖擦拭眼角泪水，劝道，"眼下最要紧的是，朝廷几次三番催促您回朝，唉……"

"自古忠孝难两全，唉。"

我看着眼前英武的岳飞为难的样子，不禁也流下了泪水。

"别哭，孩子。"岳飞温和地说，"说说你来此地做甚？"

"我是来找您的，岳叔叔。听说您的词写得特别好。"

"哈哈，我乃一介武夫，写词不过是对家国世事心怀愤慨，不言之难以抒怀尽兴。"岳飞说，"比如，我之前所作《满江红》。"

说完，他就徐徐道来：

满江红

怒发冲冠，凭栏处，潇潇雨歇。抬望眼，仰天长啸，壮怀激烈。三十功名尘与土，八千里路云和月。莫等闲，白了少年头，空悲切。

靖康耻，犹未雪。臣子恨，何时灭。驾长车，踏破贺兰山缺。壮志饥餐胡虏肉，笑谈渴饮匈奴血。待从头，收拾旧山河，朝天阙。

这时，山间一阵大风刮来。把岳飞头上的帽巾吹得在风中飘扬起来，他的眼神坚定刚毅，透出对敌人的愤怒，可不正是"**怒发冲冠**""**仰天长啸，壮怀激烈**"！

"'**三十功名尘与土，八千里路云和月**。'岳叔叔，您征战三十年了吗？征战的路有八千里吗？"

"哈哈哈，我现在三十多岁，若已征战三十年，岂不是小小年纪就征战沙场？我只是感叹这么多年，都没有渡河收复失地，无所作为。"岳飞摇摇头，接着说，"路途又何止八千里。"

望着他鬓间的白发，我忽然有点明白，什么是"**莫等闲，白了少年头，空悲切**。"岳飞这是在鼓励自己，也鼓励那些和他一样的抗金将士。

"'**靖康耻，犹未雪。臣子恨，何时灭**。'您是在说若不收复失地，靖康之仇不报的话，您心中的悔恨不会熄灭吗？"

"正是！打仗饿了就吃敌人的肉，渴了就喝敌人的血。终有一天，待我收复旧日山河，带着捷报向国家报告胜利的消息！"

国之重任深深铭刻在眼前的大英雄心里，他这一片赤子之心也感染了我，令我心情激荡，久久不能平静。

忽然，我想到九儿问我的话，那是现代每个孩子都知道的关于岳飞的故事。

"岳叔叔，您背上真的刻有'尽忠报国'四个字吗?"

"正是。"岳飞道，"我从小受母亲教导，刻苦学文习武。母亲在我背上刺下这四个字，以期我日后能够为国竭尽忠诚！这四字已与我身心融为一体！"

岳飞眼含热泪，叹道:"靖康之耻未雪，金兵仍然猖獗！儿子愧对母亲！"

听到这句，我忽然醒了。岳飞真是一个品性高洁的大英雄，我真想在宋朝的庐山再待一会儿。可是梦结束了，我要上学了。

第二十三章

梦之日记六：一世文宗——欧阳修

"九儿，我有点后悔与端木一寒打赌了。"

"为什么？后悔可不是你的风格，糯米。"

"因为……宋词太美太多了，时间太紧张，我肯定理解不完。"

"不用着急，这些梦会让你喜欢上宋朝和那个时代的人。"

"那倒是，去唐朝和宋朝旅行后，我交了很多朋友。没想到我这个现代的小孩，也能和大人物们谈得来。"

"那是因为你对诗词的好奇和喜爱，他们都看得出来。"

"今晚我去见谁呢？"

"不如说说你的想法。"

"不管是唐朝还是宋朝，我发现很多人都会为科举苦恼。古代的科举到底是怎么回事呢？是不是像现在的中考、高考一样？"

"科举制度是中国古代通过考试选拔官吏的制度，发展到宋朝已经逐渐完善了，但没有现在的九年义务教育普及度那么广，更不会有你们学的数学、物理、化学、计算机这种科目。"

"考试光考写文章，想想都头大啊！"

"哈哈，你该睡觉了。快到九点半了，妈妈要过来给你关灯了。"

"再陪我说几句嘛，九儿，你说端木一寒为什么那么懂诗词呢？"

"哎哟喂，哪个名人说的，兴趣是最好的老师。"

"他为什么长得那么像唐朝的许寒呢？"

"抱歉，我还没对你们人类的基因学做研究。何况他和许寒隔了上千年，时间跨度有点大哟。"九儿打了个哈欠说，"我也要去睡觉啦，要是让爸爸、妈妈、团子发现我会说话，就完蛋啦！"

九儿一溜烟从糯米房间溜了出去，它虽然身形胖乎乎的，但走起路来悄无声息，真像一个猫特工！

来自糯米的梦之日记

10 月 24 日　星期一　小雨淅沥 🌧

昨晚的梦真是奇特，竟然梦见了一个老师！

哦，不，不是我的老师，是苏轼的老师！他让我知道了宋朝人的考试是什么样子的！

梦中我藏身在一个宽敞的书房里，书架是棕褐色的木头做的，上面摆满了线装古书，散发出墨汁的味道。透过前方的一层书架，我看到书房里有个伏案工作的背影。我悄悄走近一看，原来他的桌上堆满了试卷！他在批改试卷！

只见他一边看，一边不停摇头叹息："唉，写得太差了……"

有时还很愤怒，自言自语："这文章虽辞藻华丽，但内容空洞！气煞老夫也！"然后愤怒地把试卷丢到地上。

哇，看起来是一个脾气很差的阅卷老师！

要知道，在明园学校，糯米和安然、利小馨她们最怕的就是凶凶的阅卷老师。有时候同学们不小心把"0"写得像"D"，和蔼的老师会画条线提醒一下，但遇到脾气坏的老师就会狠狠打出一个愤怒的红色大叉，毫不留情。

我不禁端详起眼前这个人，只见他身材瘦小，穿着一身紫色官袍，头戴着一顶乌纱帽，那帽子两侧有又长又平的翅膀，在他摇头晃脑、念念有词时，乌纱帽的翅膀也跟着晃动，挺有意思的。再定睛一看，这个人有五十多岁，表情严肃，那神态特别像明园学校里最最严格的数学老师！

他书桌案头堆满了被他批阅的考卷，忽然他大喊一声："呜呼，妙哉妙哉！"

吓了我一大跳，差点让我暴露。

那个人捧起一张考卷，面露喜色，大声地自言自

语："此文大好，神来之笔！怕是老夫也写不出此等好文章，后生可畏啊，哈哈哈！"

原来坏脾气的老师遇到完美的试卷时是这样的反应，简直是欣喜若狂啊。

他站起来，捧着那张试卷嘴里"之乎者也"地读了起来，越读声音越大，越读脸上表情越兴奋。这个阅卷老师可真是有趣极了！

"此文章写得如此精妙，一定是我那得意弟子曾巩所作。我若给他第一，旁人不会说我袒护自己的学生吧？不行不行！"他边说边摇头，接着又对着墙说，"那老夫就给他第二名吧！他毕竟是我的学生，不会怪我。别人也无法说三道四！哈哈哈！"

忽然，他一转头，目光正好和书架后的我对上……我只能默默从书架后走出来。

"哪里来的孩子？"

"我……我是在梦里……请问现在是哪一年？"

"这是什么问题，今乃大宋嘉祐二年。"这个阅卷老师说起话来也不是很凶，可能是因为他刚刚看到完美考卷，心情很好。

他说："我在这里阅卷，实属机密，你怎敢擅自闯入？"

"对不起对不起，我是无意间才来到这里的，看到您在批阅试卷，没敢打扰。请问您是阅卷老师吗？"

"我是欧阳修，这次考试的主考官。"

原来是大名鼎鼎的欧阳修！唐宋八大家之一！

"欧阳老师，您刚才为什么又生气又高兴？"

"因为有些文章虽然辞藻华丽，但实际上言之无物，空洞啊。"欧阳修指着地上的考卷摇头道，"写文章要言之有物，平易自然！科举乃我大宋选拔人才之道，机会必须留给真正的人才。作为主考官，我必须把这华而不实的文风给扭转过来！刚刚好不容易看到一篇绝佳文章，老夫自然心中狂喜。"

"有道理！梅老师也告诉我们写作文不要堆砌形容词。"

"你这小孩也有老师？"欧阳修突然一拍脑袋，这个不按常理出牌的阅卷老师向门外喊道，"来人啊，把这孩子抓起来，她擅闯阅卷重地，有偷窃考卷之嫌，待我细细审问她的来历！"

几个高大强壮的侍卫听命从屋外破门而入，恶狠狠地向我走来。

"别别别！我不是盗贼，我没偷考卷，救命啊！救命啊！"我急得大声喊叫。

慌乱之中，我猛然惊醒。

幸好是一场梦！

第二十四章

千古伯乐，六一居士

第二天清晨，糯米仍然惊魂未定。

上学路上，她遇到了利小馨，她正边走边吃着手中的早餐——上海生煎包。

"糯米早啊，你早餐吃的啥？"小馨看到糯米热情地打招呼。

"好像是烤吐司和鸡蛋……我也不确定。"

"刚吃完都能忘，你想什么呢？一副心不在焉的样子。"

"昨晚我做了一个吓人的梦。"

"快说来听听，我最喜欢听梦了，我还会解梦呢！"利小馨左手生煎包右手豆浆，边吃还要边和糯米说话，真是忙得不亦乐乎。

"这个梦你可能不爱听……"

"不行，快说快说！"

"吓死我了，我梦见一个宋朝的阅卷老师，叫欧阳修。他以为我是偷考卷的盗贼，就让侍卫把我抓起来审问……"

"哎哟，竟然梦见老师！"利小馨大失所望，"这梦我可解不出来。"

"欧阳修？他可是个千古伯乐啊。"一个洋溢着笑意的声音响起来。原来是端木一寒走到了她俩身边。他穿着干净利落的校服，鼻梁上不知道什么时候架起一副黑色细边眼镜。他也自个儿走路去上学呢。

"是你呀，端木一寒！"利小馨看到端木一寒非常高兴，"难道你知道这个叫欧阳修的老师？"

"当然知道，唐宋八大家之一，人称'千古文宗'。不过我更愿意称他为千古伯乐！"

"为什么？"

"他发掘了很多人才，比如苏洵、苏轼、苏辙、曾巩、王安石，唐宋八大家中北宋的六个人，他推荐过五个！"端木一寒接着说，"当年欧阳修主持科举考试，发现一篇文章写得特别好，他以为是自己的弟子曾巩，结果是——"

"苏轼？！"端木一寒和糯米异口同声地说。

糯米也不知道为什么"苏轼"两个字会脱口而出，她很吃惊，原来昨晚梦中令欧阳修激动万分的考卷来自糯米的朋友——苏轼！苏轼不愧是学霸！

"糯米，你挺了不起啊，这都知道。"端木一寒说，"看来你对宋朝相当了解。"

那还不是你造成的，要不是你要跟我比试，我了解唐诗可就够了……糯米心想，但她嘴上支支吾吾地说："哦哦，也没有啦，我还想再了解了解欧阳修这个人，他似乎挺有趣的。"

"哈哈，要了解宋朝当然要了解欧阳修。"

"两个诗词专家，我真是期待你们的宋词大决战，哈哈哈！到底谁赢呢？"利小馨好像唯恐天下不乱似的。

午休时间，同学们正自发举行分享会，今天的主题是"秋天，我对美的发现"，分享自己最近对美好事物的发现、体会。

利小馨分享了自己最近对漫画技巧的心得，她高兴地表示，画二次元人物眼神又美又传神是有诀窍的——要擅用颜色过渡和相叠，比如相近色相叠。

轮到端木一寒分享时，他说："我来给大家分享一首美好的词吧！来自宋朝欧阳修。"他念道，

蝶恋花

庭院深深深几许，杨柳堆烟，帘幕无重数。玉勒雕鞍游冶处，楼高不见章台路。

雨横风狂三月暮，门掩黄昏，无计留春住。泪眼问花花不语，乱红飞过秋千去。

全班鸦雀无声。糯米想，可能大家想得都一样，这首词听起来很美，但是我们听不懂呀！

"同学们没太明白？我来给大家科普一下欧阳修其人吧！"梅老师不知道什么时候来了，她看到同学们怔怔的，不禁笑了，耐心地说，"欧阳修，又称六一居士……"

"六一居士？难道他和我们一样也过六一儿童节？"调皮的班长马哲伦插嘴。同学们忍不住偷偷笑起来。

梅老师说道："不是六一节，是六个一的意思！同学们来猜猜是哪六个一呢？"

"古代人肯定爱学习，一是考科举，一是当大官……"马哲伦开始掰着手指头数起来。

"说错了。"梅老师揭晓了答案，"欧阳修的六一呀，是藏书一万卷，金石遗文一千卷，酒一壶，棋一局，琴一张……"

"哇，潇洒啊!"马哲伦叹道，转念一想又觉得不对，于是举手发表意见，"梅老师，这才五个一啊!"

"还有一个一啊，欧阳修说就是他自己咯!"

"哈哈哈，这欧阳修可真逗! 六一居士可以去过六一儿童节了!"同学们哈哈大笑。

糯米却在想，好一个六一居士! 她回想起这个暴躁的阅卷老师是怎样责骂差文章，看到好文章又是怎样的欣喜若狂! 而且，他明明和糯米谈得好好的，又转脸发怒派人来抓她，真是让人捉摸不透呀。

梅老师说:"回过头看这首词，第一句连用三个'深'字，这叫叠字法。把庭院和人心的意境深远完全表现出来了。是不是很妙?"

"咦，和我的漫画近色相叠大法很像!"利小馨说。

"梅老师，我来给大家翻译一下这首词吧!"端木一寒主动请缨，"我写了一首现代小诗来翻译这首词。"

蝶恋花

原文:欧阳修　古汉译现汉:端木一寒

庭院深深，不知有多深?

杨柳依依，堆叠起绿色烟雾。

一重重帘幕不知有多少层？

车马停在人们游玩的地方，

登上高楼却望不见通向章台的大路。

风狂雨骤的暮春三月啊，

一扇门将黄昏景色遮掩，

也无法留住春意。

泪眼汪汪问落花可知道我的心意，

落花默默不语，

只是纷乱地，零零落落，

一点一点飞到秋千外。

哇，原来古词还可以这样改。美！全班同学恍然大悟。

"端木一寒同学改写得太好了，同学们闲暇时也可以以这种方式试试改写古诗词。"梅老师接着说，"六一居士不只词写得好，他还领导了古文运动，对宋朝整个朝代的文风改变起到了不可或缺的作用。"

"古文运动？"

"唐宋时期，很多文人追求浮华的文风，精巧华丽，却内容空洞。欧阳修呀，领导了一场诗文革新运动，主张文以明道。参与这场运动的人数很多，包括苏轼、苏辙、苏洵、王安石、曾巩等一大批文人。他们认为文章最应讲究有实质内容！"

"就像我们写作文，不能空无一物，而是要说到点，说到位！"马哲伦模仿梅老师的语气说。

"嗨，你可是班长，这么调皮！下届班长我们可不选你了！"利小馨快言快语。

"欧阳修提倡文章言之有物、平易自然，为扭转北宋浮躁的文风起到了积极的推动作用。他主考礼部时，刷掉了写假大空文章的人，转而选拔培养文章写得有内涵、真正有才华的人，是一个非常棒的老师。"

"对的对的！我听端木一寒说了，欧阳修是千古伯乐，他选拔的学生有苏轼、曾巩、王安石……"利小馨大声说。

"端木一寒好厉害！"同学们纷纷赞叹着看向端木一寒。

第二十五章

六个梦与三个问题

七天过去了，六个梦结束了。

又过去一个夜晚，糯米发现果然什么也没梦到。

"我昨晚没有做梦！"早晨，糯米合上日记本，有点失望地叹息了一声。

忽然，她看见日记本里露出一个白色的尖尖小角，像一朵含苞欲放的荷花那样引人注目。她翻开日记本，发现了那个方方正正的"豆腐块"。

是一封信，拆开一看，信纸上用黑色水笔写着三个问题：

请用三个词来形容宋朝。

时间只能顺流吗，能不能逆流？

吟诗诵词有没有意义？

明天就是她和端木一寒的宋词比赛时间了，但是她对宋朝、对宋朝的词人、对宋词真的了解了吗？

这些日子她看见了苏轼、李煜、柳永、李清照、辛弃疾、岳飞、欧阳修，透过这些人，她看到了宋朝的不同面貌。这样五光十色又迥然不同的面貌组成了她对宋朝和宋词的认识。

她从偶遇苏轼的密州夜市看到了宋朝社会的繁荣昌盛。

她从游弋赤壁的旅途中看到宋人的豪迈以及对命运挫折的豁达。

她从寻觅李清照的街巷看到宋人对重阳节的重视。

她从辛弃疾的战场上看到宋人和金人战争的激烈残酷。

她从岳飞吟诗的愤慨中看到宋朝将领的拳拳报国之心。

她从欧阳修的书房里看到宋朝文人对文章言之有物的坚定追求。

这些梦境让糯米感受到了宋词五光十色的光芒，写词人既有李清照这样的美丽女子，也有岳飞那样的盖世英雄；既有被大街小巷广为传唱的柳永之词，也有适合将士击鼓而歌的苏轼之词……所以宋词婉约与豪放并存，清丽与壮阔相竞。

仅仅用三个词来形容宋朝，还真难啊。

如果是你，会用哪三个词呢？

如果是端木一寒，他会用哪三个词呢？糯米突然心生好奇。她决定明天比赛时，用这个问题来考考端木一寒，看看他心中的答案是什么。

至于人类的时间，正一分一秒地向前滑去。虽然每一个过去的瞬间都不复重来，可是在九儿的帮助下，糯米回到了唐朝、宋朝，这不是逆时间而行了吗？或者说，当人类时间犹如滔滔河水奔腾向前时，糯米却进入了一条逆向的河流。这是个时间方向的选择，或者与爱因斯坦的相对论有关，速度也起了很大作用？天哪，如果真的超越光速，那么糯米是不是也可以去往未来呢？

还有吟诗诵词，有意义吗？想想在如今的生活中，读诗词实际的功用是什么呢？难道给小孩读诗词是为了语文考试多考几分？大人读诗词可以多挣钱？不不不。

这一次次的时间旅行，让糯米深受感动的是那些诗词承载的——诗人感情的制高点，那些无比美好的瞬间。那些诗词使"美"停顿了，凝结在语言中……

糯米正想得出神，团子忽然推开她的房门："姐姐，出来吃早饭啦！"

糯米吓了一跳，手里的信也来不及收起来，只能说：

"团子，进我的屋要敲门好吗？这是礼貌！"

"嘻嘻，可是你就没有合上门呀！"团子调皮地把门推来推去，又跑到糯米身边，一眼看到了糯米手上的信，喊起来，"哇，姐姐，这是谁给你写的信？"

"什么信？"妈妈听到声音也走了进来。

"不许看！"糯米有点气恼，"这是我的私人信件。"

"不会是男同学写的吧？"

妈妈还是很尊重糯米的隐私的，她笑着带团子走出糯米的房间："好，不看不看，我们走，团子。糯米你得快点出来吃早饭了，不然上学可有点赶不上了。"

糯米看妈妈和团子走出房间，舒了一口气。男同学写的？妈妈不会认为这是一封情书吧？就让妈妈认为这是一封情书好了，虽然这样很令人尴尬，但总比让妈妈发现，这里藏着一个穿越时空的秘密要好。

早餐很丰盛，有葱油饼、小馄饨，还有煎火腿、牛奶，粗心的团子吃得到处都是，爸爸妈妈连忙给他递餐巾擦嘴巴。糯米只随便吃了一点就说自己饱了，把碗筷送到厨房，看到九儿正懒洋洋地卧在猫窝里，眯着眼打盹。

糯米张望了一下，四周没人，蹲下身轻轻凑到它耳边说："九儿，我昨晚没有做梦，没有去宋朝……"

"我们说好七天六个梦的。"九儿眯缝着的眼睛忽然睁大，哼了一声，"别说话不算数啊。"

"好吧。有件奇怪的事，我的日记本里多了一封信！"

"哦？谁写给你的？"九儿的神情有点八卦。

"不知道呀，上面有三个奇怪的问题，是关于宋朝的。"糯米摇摇头说。

"那你好好想想吧。"九儿说，"对了，你和端木一寒的比赛时间也快到了。明天？"

"嗯嗯，明天放学后。四点钟。"

"祝你好运。"

虽然糯米对明天的比赛不是很有信心，但心里还是有点高兴的，这个秋天，她可算是好好和宋朝这个美好的时代亲密接触过了，还认识了那么多新朋友！这都多亏了九儿带给她的神奇经历，尤其是那六个梦。梦，让糯米想起了大才女李清照的一首词！

渔家傲

天接云涛连晓雾，星河欲转千帆舞。仿佛梦魂归帝所，闻天语，殷勤问我归何处。

我报路长嗟日暮，学诗谩有惊人句。九万里风鹏正举。风休住，蓬舟吹取三山去！

第二十六章

他消失了

明天是宋词决战的日子。

趁着下课间隙，糯米有空就翻看《宋词三百首》，比复习考试还认真，她可不想输给端木一寒。主要是因为赌注有点大——输的人要无条件答应赢的人一个要求！

糯米其实并不知道如果自己赢了，会要求端木一寒做什么。

她原以为今天会有很多同学讨论明天她和端木一寒的宋词比赛，但是今天似乎和平常没什么区别：老师还是布置了差不多的作业；同学们还是讨论着差不多的习题；利小馨还是在课间画差不多的漫画；安然在刷一张差不多的卷子；一下课，马哲伦仍然是以差不多的速度跑到篮球场，大声招呼男孩们来打球……

唯一的不同是，糯米旁边的座位空空的。端木一寒今天没来上学。

他生病了？家里有事？糯米也不好意思问其他人或梅老师。

一上午过去了……

一下午过去了……

端木一寒的位子还是空荡荡的。

今天语文课上的内容也不是诗词，也没人跟糯米辩论了。但是为了备战明天的比赛，糯米还是决定放学后去图书馆再补充一些宋词知识。

傍晚，风凉丝丝的，吹到人们的脸上真惬意。天气好得出奇，天空湛蓝，云朵洁白，空气清冽，让人感觉天空，哦不，这深邃的宇宙又高又远。这和糯米在梦中见到的宋朝的黄州、密州并没有很大的差别！糯米从学校广播里又听到了《明月几时有》这首歌，看来现在的流行歌曲也开始向古诗词学习啦，她哼着"**明月几时有？把酒问青天。不知天上宫阙，今夕是何年……**"的调儿，不知不觉，走进了小白楼里。

欧阳爷爷仍然在低头整理他那永远也整理不完的书籍。他看见了糯米，热情地打招呼："糯米你来啦，你那个小伙伴呢？"

"哪个小伙伴？"

"就是那个男同学，额前有一些刘海儿，长得眉清目秀的，诗词知识很好的。"

原来是指端木一寒啊。

"他今天没来上学。"

"哦哦，那孩子非常棒。他对古诗词的掌握程度可远远高于其他学生。"欧阳爷爷说，"你今天要借什么书，糯米？"

"欧阳老师，我可以请教您一个问题吗？"

"洗耳恭听。"

"如果可以，您能用三个词来形容宋朝吗？"

"你这孩子真会出难题，哈哈！"欧阳爷爷推着鼻梁上的老花镜笑呵呵地说，"宋朝是一个神奇的朝代，不仅精于诗词，就连书法、绘画、茶道、插花这些技艺也都在宋朝攀上了艺术的高峰……"

"听上去是一个很浪漫的朝代。"

"嗯嗯，可以说，宋朝啊，是一个没那么强悍但有幸福感的朝代！"

"所以欧阳老师，您会用哪三个词形容宋朝呢？"

"哦，哈哈，如果非要我说，我就用：'**诗词**''**浪漫**''**幸福感**'三个词吧！"欧阳爷爷沉思一会儿，接着说道，"我这个人是个文艺爱好者，当然只能从文艺的角度去探讨啊。每个时代都有各自的苦难，比如宋朝的靖康之难，但这也造就了宋词的深刻。"

"谢谢您的三个词，欧阳老师。"糯米心想，每个人看待事物的角度不一样，宋朝给欧阳老师最深刻的印象是：**诗词、浪漫、幸福感**。那么我呢？我要好好想想用哪三个词去形容属于我的宋朝。

一夜安睡，决赛之日终于到了。

早上，窗外淅淅沥沥飘起了小雨。"一场秋雨一场寒，多穿点。"妈妈叮嘱糯米该穿毛衣了，换季的时候，天气转凉，容易感冒，必须得多穿点。糯米穿上自己最喜欢的那件彩虹色毛衣，外面套上厚校服，蹬上浅蓝格纹的雨靴，撑起雨伞，走进雨里。

糯米走在小路上，头顶的苍穹，身侧的梧桐，绵绵的秋雨，树叶上如水晶般晶莹剔透的、一粒粒往下坠的小雨点……这大自然的情景千年来也未改变，真让人恍惚间分不清自己到底是在宋朝还是在现代，是身处梦境还是现实。

这时，糯米想到南唐后主李煜的一首词：

浪淘沙令

帘外雨潺潺，春意阑珊。罗衾不耐五更寒。梦里不知身是客，一晌贪欢。

独自莫凭栏，无限江山，别时容易见时难。流水落花春去也，天上人间。

哦，只不过此刻是秋意阑珊！

进了教室后，糯米发现同桌的位置还是空空如也。

一上午过去了……

一下午过去了……

没有人提糯米和端木一寒约定的宋词比赛的事，难道大家都忘记了？

也没有人询问端木一寒为什么没来，难道他从来就没出现过？这莫不是一场梦吧？

糯米不禁伸出手拧了一下自己的胳膊，哎呀，真疼，这明明不是梦呀。

丁零零，下课时间到了。

"放学啦！同学们晚上把今天学的知识都复习一遍哦！"梅老师笑眯眯地说完，合上课本，走出了教室。糯米终于忍不住了，跑着追上去。

"梅老师，等等我！"

"糯米，有什么事？"

"梅老师，我想问……"糯米不好意思地低下头，问道，"端木一寒怎么没来上学？"

"哦哦哦，端木一寒同学呀。"梅老师说，"他爸爸妈妈给他请了一个长假。"

"原来是这样。"

"对了，他留了一封信给你，特意叮嘱要今天给你，糯米。"梅老师笑道，"瞧我这记性，差点忘了，还好你问起，跟我来办公室吧。"

明园学校的教师办公室简单而整洁，白墙边放置着几株一米多高的绿植盆栽，糯米认得出那是龟背竹。梅老师的桌上有点凌乱，水杯、试卷，还有各式各样的笔随意地放在桌上，她不好意思地笑了一下，在杂物里翻了一会儿，终于找到了一个白色信封，递给糯米，说："太好了，找到啦！喏，你回家读吧！"

第二十七章

似曾相识的谜案

糯米：

你应该还记得今天是我们约定的宋词比赛的日子吧！我相信你没有忘记。非常抱歉，我要失约了。

因为爸爸妈妈工作紧急调动的关系，我又要回北京了，所以，我要消失一段时间了。

在上海的这段时间太棒了，尤其是在明园学校的每一天，有梅老师，有你，有利小馨，有马哲伦，有安然……虽然我和大家交流不算多，但我看到了你们每个人都有不同的优点，用梅老师的话说，你们每个人的宝石都在闪闪发光。

糯米，我和你分享一个秘密。

第一天进明园学校，第一次见到你，我觉得特别熟悉。

真的，好像当过几辈子老朋友的那种熟悉。

后来，发现你也喜欢古诗词，我真是惊讶极了。要知道，我从小就喜爱古诗词，但在北京，我身边的伙伴中没人有我这样的爱好，我还一直以为自己是个怪胎呢！

没想到，在上海的明园学校，竟然有一个人：你，糯米！和我一样，喜欢唐朝、宋朝，对诗人、诗词有发自内心的喜爱，你对古诗词的领悟力甚至比我还好。

所以，虽然没有比赛，但我有点甘拜下风了。不过，我也不一定会输给你，对吧？

对了，有一件非常奇怪的事，前些天晚上我一直做一个梦：

我梦见自己穿越了时空，回到了唐朝，你猜我看到了什么？

我看到李白在长安的朱雀大街上喝酒，喝完提着笔，一气呵成他的名作《将进酒》！

那场面恢宏极了！最古怪的是，在围观诗仙李白的人群中我看到一张脸，真的很像你。不过那个唐朝的少年还抱着一只长得像猫的大白狗呢！哈哈哈，真是古怪荒诞的梦。

很遗憾这次我们没能比赛，那就留个悬念吧，等下次见面的时候，我们还可以比试比试！

端木一寒

10 月 25 日

糯米坐在书桌前读完这封信后，吃惊地愣在了原地。

不知什么时候，九儿钻进了糯米的房间，安静地依偎在糯米脚下，弓起它毛茸茸的胖身子，眯着眼睛，一副似睡非睡的样子。

糯米蓦然从椅子前站起来，低头一把把九儿抱到怀里，把九儿吓了一跳。

"九儿九儿，端木一寒见过你！是吗？"

"没有呀。我确定我没和他见过面。"九儿也好奇了，"糯米，你为什么这样问？"

"你看！你看这封信！"糯米激动地展开信纸，把最后几行指给九儿看。

"哼，呸呸！"九儿看了竟然有点生气，"这个端木一寒到底什么眼神！竟然说我是长得像猫的大白狗！要是给我遇上，看我怎么教训这小子！"九儿似乎还不解气，接着絮絮叨叨，"即使我真的是地球上的一只猫，猫会发出100种以上的声音，而狗最多发出10种！猫也比狗聪明，哼！"

"哈哈哈，九儿九儿，别恼。端木一寒和唐朝许寒真的长得很像！你说他会不会是唐朝许寒穿越时空来到现代了？"

"绝对不会！"九儿摇摇头，"我说过了，别说人类，就连我这种星球哲学家，哦，不，用你们人类的说法，应该是科技先行者，也没有彻底掌握时间的秘密，更别提一个古代人了。"

"那怎么解释这封信？"

"要么……让我见见这位端木一寒同学？"九儿迟疑地说，"也许我见到他本尊，就能有一点点灵感。"

"他不在上海了，回北京了！"

"北京？就是中国现在的首都啊，我还没去过。"

"我也没去过首都！太想去了！就是太远了！"糯米真想去古城北京看看啊！看看同为繁华都市，北京与上海有什么区别呢？

糯米眼珠骨碌碌一转，一拍脑袋："有办法了，再过几个月就放寒假了，寒假旅行也许可以去吧？"

"那你得和爸爸、妈妈、团子商量一下。"

171

"包在我身上！"

糯米精神振奋！她很想去北京，北京有数不清的名胜古迹，比如故宫、颐和园、北海公园、圆明园……还有很多京味美食，简直太让人向往啦！她也很想找到端木一寒和唐朝许寒之间的神秘关系！最重要的是和端木一寒的宋词比赛之约，只要寒假去，还是可以一分胜负的。

糯米胸有成竹地怀抱九儿走到窗前，看看窗外：不知何时，街道两边的银杏树在深秋都被染成了金黄色，映衬着远处红彤彤的夕阳……

一切都显得那么神秘而富有生机。

彩蛋

"咦，原来这封信背面还有字啊！"

糯米，你知道吗？这是我最喜爱的三首宋词：

浪淘沙

欧阳修

把酒祝东风，且共从容。垂杨紫陌洛城东，总是当时携手处，游遍芳丛。

聚散苦匆匆，此恨无穷。今年花胜去年红，可惜明年花更好，知与谁同？

青玉案·元夕

辛弃疾

东风夜放花千树，更吹落星如雨。宝马雕车香满路。凤箫声动，玉壶光转，一夜鱼龙舞。

蛾儿雪柳黄金缕，笑语盈盈暗香去。众里寻他千百度，蓦然回首，那人却在，灯火阑珊处。

卜算子·黄州定慧院寓居作

苏轼

缺月挂疏桐，漏断人初静。谁见幽人独往来，缥缈孤鸿影。

惊起却回头，有恨无人省。拣尽寒枝不肯栖，寂寞沙洲冷。

宋词犹如习习清风沁人心脾，又如大江东去般壮阔。我常忍不住想：什么样的人才能写出这样的词呢？其心境必定澄澈如水，其精神必定宁静致远。而这，对于我们今天来说是多么稀缺啊！

试看今日，有多少大人竭尽全力于"挣钱与花钱"，孩子们也只知为"成绩"而学习，又有多少人愿意花时间静静地读诗呢？曾几何时，我们以"诗的国度"而自豪，而如今，诗竟成了时过境迁之物，被遗忘在角落里无人问津，这如何不令人唏嘘？